長安詩選

追光動畫 韓瀟 著

商務印書館

目錄

詩話長安

十九首詩看懂《長安三萬里》

謫仙風華

十一首詩穿越李白的一生

盛唐羣星

十二首詩漫步「盛唐文化宇宙」

序一

《長安三萬里》，一個氣勢宏大、震撼人心的片名！

唐代詩人中，誰的筆下出現過「三萬里」？宋之問詩「帝鄉三萬里」，孟浩然詩「胡地迢迢三萬里」，喬備詩「沙場三萬里」，說的是地面距離；李商隱詩「八駿日行三萬里」，說的是仙界的距離；唐彥謙詩「鵬程三萬里」，比喻人的前程遠大；李洞詩「唐封三萬里」，讚美唐王朝的國土遼闊。而眼前這個片名《長安三萬里》的含義是甚麼？它是一幅歷史畫卷，是盛唐時代的歷史畫卷。

影片中有繁華市井，有壯美山河，有萬馬奔騰的戰場，有笙歌鼎沸的華宴，甚至有「萬井驚畫出，九衢如弦直」的長安城坊全景，但影片中歷史畫卷展開的主線，卻是盛唐時代孕育的兩位詩人——高適和李白。

高適和李白是志同道合的親密朋友，他們都有建功立業、報效國家的宏偉抱負，他們在人生道路上都經歷了艱難困苦。高適五十歲前曾為隴畝民，「兔苑為農歲不登，雁池垂釣心長苦」。李白在求仕之路上曾面臨「欲渡黃河冰塞川，將登太行雪滿山」的困境。但是，他們奮鬥的結局卻有天壤之別。高適在安史之亂的時代大變局中應時而起，成為朝廷重臣，擔任過淮南節度使，影片開頭在茫茫雪嶺中重現的，是高適在劍南西川節度使任上與吐蕃的戰爭場面。李白雖然有過奉詔入侍翰林的一時榮耀，但在安史之亂中誤入永王軍幕，遭遇了長流夜郎的不幸。高適和李白都是「士子」，即讀書人，「士子」的命運往往折射着一個時代的變遷，高適是成功的英雄，李白是失敗的英雄，他們共同書寫了盛唐的歷史。好在李白流放途中遇赦，高歌「千里江陵一日還」，才使觀眾為他鬆了一口氣。

後世讀者可以看到的，是李白蒙受的冤屈在他身後得到洗雪，唐代宗即位即為永王平反，李白去世不久就被朝廷任命為左拾遺，雖然這任命晚了一步。然而，李白會在乎「左拾遺」這個官位嗎？他有「詩仙」的千古美名就夠了！高適不朽，李白不朽，他們的名字永遠彪炳於盛唐的史冊。

薛天緯

中國唐代文學學會顧問、中國李白研究會前會長

序二

在數字化時代，跨越三萬里，穿過千年，回首長安，懷想盛唐壯闊波瀾，遙慕詩壇氣象萬千，請問誰最引人矚目、動人心弦？我首選李白！「天生我才」的李白，「長風破浪會有時」的李白，「黃河之水天上來」的李白，「人生得意須盡歡」的李白。李白的詩歌體現了盛唐的精神風貌，飽滿的青春熱情，爭取解放的蓬勃精神，積極樂觀的理想展望，強烈的個性色彩，譜就了中國詩歌史上最富有朝氣的旋律。

大唐三百年，締造中國詩歌史上的黃金時代，李白一向被視為黃金時代的最佳代言。李白是時代的驕子，是盛世的歌手，更是享有世界聲譽的中國大詩人。雖然一代詩豪白居易尋訪李白墓地，曾感歎「但是詩人多薄命，就中淪落不過君」，但歷史是公正的，「文采承殊渥，流傳必絕倫」！在中國詩歌史上，李白已如星懸日揭，照耀太虛，色相莫求，高華難並。誠可謂：詩中無敵，文壇稱仙，才氣何止籠一代；殿上脫靴，江頭披錦，狂名更堪佔千秋。

在中國，李白就是詩歌的代名詞，恰如唐詩是中國詩歌的天花板，恰如長安是盛唐的中心。要深入了解李白，不能選擇同齡人王維的視角——道不同不相為謀；也不宜採用比他小近 12 歲的杜甫的視角——「迷弟」的仰視角度不夠客觀。只有同齡人高適的視角，才最為合適。二人都是廣為人知的大詩人，人生軌跡有很多相互交叉之處，還惺惺相惜。用《杜詩詳註》作者仇兆鰲的話說，可謂「千古文章知己」，借用杜甫稱譽高適的話說，就是「當代論才子，如公復幾人」？移用來表述高適與李白的知音之交，也再恰當不過了。

高達夫與李太白，雖然出身、個性等方面有諸多差異，但在人生設計方面，卻多有暗同之處。二人都心高志大，自負自信，喜言王霸大略，皆寄希望於君臣遇合，一飛衝天，而恥預常科，不願走一般士人科舉入仕的常道。這應該說，是空前隆盛的盛唐所賦予的，是時代性格和精神風貌的一種表現，此前沒有，此後亦無。有感於此，追光動畫推出的《長安三萬里》，以高適眼中的李白為選題，可謂慧眼獨具，注定會有戲劇張力。從分量上看，高適甚至可以視為第一主角，較一般選擇李白為男一號的劇本大不相同，因此很有吸引力。極有看頭的幾段唐詩故事，也表現得十分精彩，視點人物寫作手法的運用，可以說恰到好處，不着痕跡地巧妙帶上了王維、杜甫等同代大詩人，生動刻畫出層次豐滿、精彩絢爛的大唐詩壇風貌。

如今，劇本閱後已近兩年，幾經打磨的樣片也看過兩遍。與之配合的《長安詩選》書稿，經過兩次修改，也即將付梓。就在從開封梁園去往四川眉山的路上，接到為此書作序的任務。任務急，時間緊，雖無倚馬可待之才，但責無旁貸，於是迅速入夢，入夢長安三萬里，回首盛唐風雲中。按理，書不二序，但考慮到昔日梁園風雲際會，吹台之上，是三個人的戲份，因此才有後來「憶與高李輩，論交入酒壚」的深情回憶，以及「昔者與高李，晚登單父台」的無限懷思，也就不必拘泥舊理了。

不妨以長江中游邊上的三游洞作比，既有同輩的前三游（白居易、白行簡、元稹），也有兩代人的後三游（蘇洵、蘇軾、蘇轍之三蘇父子），遙想昔賢三游處，欲書勝事憶當年。後之視今，亦如今之視昔。正如聞一多說過的，千年前的昔賢，我們聽過他們的名字，生平梗概彷彿也知道一點兒，但是容貌、聲音，性情、思想，心靈中的種種隱秘——歡樂和悲哀，神聖的企望，莊嚴的憤慨，以及可笑亦復可愛的弱點或怪癖，卻全是茫然。我們要追念，追念的對象在哪裏？ 要仰慕，仰慕的目標是甚麼？要崇拜，向誰施禮？假如我們是肖子肖孫，我們該怎樣的悲慟，怎樣的心焦！

這樣令人心焦的問題，今天終於有了答案。以動畫再現詩唐，再現高李輩的詩意風光，再現他們神聖的企望，重溫那些詩壇上可信可敬、可愛可親、可歌可笑的現場，恰如以影話配合解讀，我相信，一定會幫助讀者，輔助觀眾，走近大唐，走進名垂萬代的高適、李白、杜甫的心靈世界和詩意現場。靈機已經觸發，弦音已經校準，就等待着輕攏慢拈，等待着重挑急抹，只需信手彈去，必是千古絕調。三通畫角之後，三通擂鼓之後，筆已經提起，金墨已經蘸飽，且隨之欣賞那「氣酣登吹台，懷古視平蕪」的高會，玩味「痛飲狂歌空度日，飛揚跋扈為誰雄」的巔狂，靜品「青天裏太陽和月亮走碰了頭」那大唐精彩的傳奇時光。

感謝高適！感謝李白！感謝杜甫！

陳才智

中國社會科學院文學研究所研究員、

中國社會科學院大學教授、中國王維研究會會長

詩話長安

十九首詩看懂《長安三萬里》

別董大二首（其一）

高適

千里黃雲白日曛，
北風吹雁雪紛紛。
莫愁前路無知己，
天下誰人不識君。

解讀

高適，字達夫，渤海蓨縣（今河北景縣）人，後移居宋州宋城縣（今河南商丘一帶），盛唐著名的邊塞詩人，有《高常侍集》傳世，今存詩 250 餘首，內容以展現邊塞生活、表達政治諷喻、反映民生疾苦和抒發個人志趣為主，代表作有《燕歌行》、《薊門行五首》、《封丘作》、《塞下曲》、《宋中十首》、《別董大》等。

《河嶽英靈集》評價高適：「評事性拓落，不拘小節，恥預常科，隱跡博徒，才名自遠。然適詩多胸臆語，兼有氣骨，故朝野通賞其文。至如《燕歌行》等篇，甚有奇句。」從中我們大致可以得出以下認識：高適其人，個性率真灑脫、耿直坦盪，建立在這樣人格上的詩風也就顯得質樸真誠、直抒胸臆，慷慨激昂、氣勢過人。

高適在盛唐詩人中還有一個突出的特點：他是盛唐大詩人中官做得較大的一個。高適官終刑部侍郎、散騎常侍，封渤海縣侯，死後追贈禮部尚書，其仕途可以說是非常成功。《舊唐書》評價說：「有唐已來，詩人之達者，唯適而已。」但這其實主要都是他後期的成就，與人生後半場的飛黃騰達相比，高適的中青年時代卻是非常坎坷的：他出身名門卻家道中落，多年苦讀卻收效甚微，科舉中第卻沉淪下僚，後來三度出塞，才終於在邊疆建功立業。

這首《別董大》是高適的代表作之一，被選入了多個版本的小學語文教材。題目中的董大，名叫董庭蘭，因在家中排行老大，故稱「董大」。這是唐人的一種習慣，按照一個人在家族同輩子姪中的排行來稱呼對方，比如杜甫叫「杜二」，李白叫「李十二」，岑參叫「岑二十七」，高適叫「高三十五」。

這位董大除了是高適的朋友，還有兩重身份，一是名臣房琯的門客，二是天下知名的琴師。唐人崔珏有詩讚之：「七條弦上五音寒，此藝知音自古難。惟有河南房次律，始終憐得董庭蘭。」（《席間詠琴客》）此詩既寫出了董大琴藝高超，也反映了他備受房琯信賴。也正因為他與房琯關係密切，天寶五載（746年）房琯被貶官，董大也就隨之被迫離開長安，輾轉漂泊四海，行至高適隱居的宋州，於是有了這場送別。

「千里黃雲白日曛，北風吹雁雪紛紛」，開篇的兩句是環境描寫，同時渲染了離情別緒：落日黃昏，歷來是行人動身的時刻，遙望前路的天地之間，千里暮雲凝聚，一如離人心頭的愁雲，暗暗沉沉；北風又送來陣陣寒意，紛紛雪落也不能留人，只有一行征雁頂着風雪遠去，將與它們一樣漂泊浪跡的，還有此刻的遠行之人。

自古以來，人們都厭惡分離，甚至恐懼分離，尤其在交通和通信都不發達的古代，兩個人一旦在蒼茫天地間踏上歧路，就不知道何時才能重聚。所以有了王維的「勸君更盡一杯酒，西出陽關無故人」（《送元二使安西》），有了李白的「此地一為別，孤蓬萬里征」（《送友人》），有了杜甫的「人生不相見，動如參與商」（《贈衛八處士》）。

對於此時的高適和董大而言，眼前的分別，痛苦、失落、曲折、艱難，前路茫茫，風景未知，更談不上多精彩、多開闊。然而在這首詩中，高適卻沒有像大多數人一樣為前路無伴侶而憂慮，為知己難再得而歎息，他勸慰董大說：「莫愁前路無知己，天下誰人不識君！」

既然分離之苦已成必然，遠行之艱不可扭轉，前路風景無從企盼，但只要兩人還能心意相通、互相掛念，就足以讓孤獨漂泊的人舒展愁顏。只要以開放的胸襟和真誠的感情去擁抱每一次未知的相遇，就一定能重獲知己的陪伴。正如王勃詩中所說「海內存知己，天涯若比鄰」(《送杜少府之任蜀州》)，心靈世界的互融互通，足以消解物理空間的阻隔。

影話

這首《別董大》是《長安三萬里》影片中出現的第一首詩。這首詩之所以能夠出現在這樣重要的位置，很大程度上是因為它表現的詩境和傳達的思想情感，與影片尤為契合。

影片中，高適面對程監軍對於李白近況的逼問，以這首《別董大》開啟了對這段詩壇傳奇的回憶：大唐的江山與時代，極盛極衰、星移斗轉，何嘗不是「千里黃雲白日曛」；盛唐一代詩人們，乘時而動，逆流而上，何嘗不是「北風吹雁雪紛紛」；這當中，李白尤為個性鮮明而複雜，命運坎坷而多元，不正應了那句「莫愁前路無知己，天下誰人不識君」嗎？

也正因此刻提出與強調「知己」二字，這部以高適的視角講述李白及其時代的電影，才有了根與魂：高適是李白同時空的「知己」，故而由他講起李白的故事，能讓人信服、令人感動；而當我們被這些故事打動，為這些靈魂所傾倒，我們也就成了他們異時空的「知己」，從而獲得一種精神的認同和情感的共鳴。

交交黃鳥，止於桑。誰從穆公？子車仲行。
維此仲行，百夫之防。臨其穴，惴惴其慄。
彼蒼者天，殲我良人！如可贖兮，人百其身！

交交黃鳥，止於楚。誰從穆公？子車鍼虎。
維此鍼虎，百夫之御。臨其穴，惴惴其慄。
彼蒼者天，殲我良人！如可贖兮，人百其身！

黃鳥

佚名

交交黃鳥，止於棘。誰從穆公？子車奄息。
維此奄息，百夫之特。臨其穴，惴惴其慄。
彼蒼者天，殲我良人！如可贖兮，人百其身！

解讀

這首詩歌出自《詩經》十五國風中的《秦風》，作於春秋中期。「春秋五霸」之一的秦穆公去世之後，秦國按照當時的禮儀制度，將奄息、仲行、鍼虎三位良才殉葬，引發了秦人的同情、惋惜、哀歎與憤怒，故而創作這首《黃鳥》，以表達對「三良」的悼念和對人殉制度的不滿。這首作品本質上就是一首悼亡詩。

開篇「交交黃鳥，止於棘」，運用了起興的手法。其中的「黃鳥」即黃雀，在詩歌中常常以弱小、孤單、受人網羅的形象出現，象徵着被害者的形象，比如曹植就寫過一首名為《野田黃雀行》的詩，表現對朋友遭受政治迫害的同情；「交交」是黃鳥悲鳴之聲，據說十分淒厲，聽起來彷彿也在為逝者哀悼；「棘」是一種樹，枝上多刺，果小味酸，且與「急」諧音，暗指黃鳥叫聲的急迫。所以，整句詩的意思就是：黃鳥止於棘木，發出聲聲哀鳴。這既是通過鳥雀悲鳴的環境描寫渲染哀傷情緒，也暗含着斯人離去得過於倉促之意，飽含着濃濃悲情和哀思。

於是，順着「黃鳥止於棘木悲鳴」所生發的濃濃哀思，接下來的「誰從穆公？子車奄息。維此奄息，百夫之特」四句，就直接點明了詩歌創作的背景，是悼念奄息這樣一位百裏挑一的人中之英傑，不得不為秦穆公殉葬而死。《詩經》講究「一唱三歎」，下面兩段當中的「子車仲行」、「子車鍼虎」與這一段意思相同，是對另兩位賢良的哀悼，就不贅述了。

「臨其穴，惴惴其慄」寫人們來到「三良」殉葬的大坑，無不心驚膽戰。可以想見，這份戰慄當中，有對「三良」的惋惜，也有對落後的殉葬制度的痛恨！於是，人們的情緒在下一句中終於爆發：「彼蒼者天，殲我良人」。這是直白的吶喊、質問與宣泄——「我那看着清明卻不睜眼的老天爺啊！為何要讓這麼好的一個人死去呢！」

詩歌的最後，人們不禁發願：「如可贖兮，人百其身！」這是對逝去的人才極大的歎惋與懷念，如果可以的話，願意以我們百人之命，換「三良」復生，因為他們承載着大秦的希望啊！

整首詩飽含惋惜之情，滿懷哀悼之意，兼有對命運多舛、世事無常和制度腐朽的不平與激憤，在《詩經》與古代悼亡詩中都是獨樹一幟的作品。

影話

《長安三萬里》影片中引用了《黃鳥》中起興的兩句——「交交黃鳥，止於棘」，以及情感最為激烈的兩句——「彼蒼者天，殲我良人」，應用於李白安葬、悼念朋友的場景中，體現出李白仗義、豪爽的人格，澎湃、張揚的情感，以及對於天道、人生的感慨與思考。

影片中所呈現的這段埋葬好友的情節，其實也是李白的真實經歷。他與同鄉吳指南一同離家漫遊，後者卻卒於途中，李白先將其葬於洞庭湖畔，後來又將其尸骨剃下裝殮，帶在身邊，遵循友人的遺願，遷葬於鄂城東。

這一行為如今看起來多少有些另類和可怕，但卻像詩句中表現的一樣，反映了李白的豪俠仗義、大氣灑脫，體現了李白對友人的真摯感情、一諾千金，而這不正是高適心目中「知己」應有的品質嗎？同時，李白那種氣沖雲霄、搏擊命運的情懷與境界，也在這兩句慨歎中，展現得淋漓盡致。

雕盤綺食會衆客，吳歌趙舞香風吹。
原嘗春陵六國時，開心寫意君所知。
堂中各有三千士，明日報恩知是誰？
撫長劍，一揚眉，清水白石何離離。
脫吾帽，向君笑；飲君酒，為君吟。
張良未逐赤松去，橋邊黃石知我心。

扶風豪士歌

李白

洛陽三月飛胡沙，洛陽城中人怨嗟。
天津流水波赤血，白骨相撐如亂麻。
我亦東奔向吳國，浮雲四塞道路賒。
東方日出啼早鴉，城門人開掃落花。
梧桐楊柳拂金井，來醉扶風豪士家。
扶風豪士天下奇，意氣相傾山可移。
作人不倚將軍勢，飲酒豈顧尚書期。

解讀

這首詩作於安史之亂爆發之後，李白避亂江淮之際，藉歌頌「扶風豪士」這樣一個形象，呼喚時代英傑的湧現，以期能夠扭轉江河日下、天地崩塌的大唐時局。當然，能與「扶風豪士」對飲高歌的李白，自然也是這時代英傑中的一位。

開篇四句交代了中原動盪的大背景：三月的東都洛陽，滿是叛軍戰馬奔馳揚起的風沙，城中百姓處在嚴酷而恐怖的「白色統治」之下。昔日酒肆林立、酒旗招展的天津橋下，無辜黎民的鮮血已經染紅了洛水，曾經火樹銀花、繁華無二的洛陽街頭，尸骸相枕藉，累累白骨相支撐。作為中國歷史上最動盪、殘酷的戰亂之一，安史之亂帶給盛世和黎民的傷害，於此可見。

面對天下的動亂，李白當然不會無動於衷，他漫遊河北，深入虎穴，最早感知了安祿山的不臣之心，只可惜當他將這一切稟報朝廷後，並沒有引起統治者的重視，因而李白也只能選擇獨善其身，滿懷悲憤與不甘，去往江淮躲避戰亂。

就在李白對家國的前景和黎民的生計深深擔憂之際，他遇到了這位「扶風豪士」，這就如同夜半三更迎朝陽，寒冬臘月得春光。從「東方日出啼早鴉」到「吳歌趙舞香風吹」十句，寫的是「扶風豪士」在家中招待李白飲宴的情景，展現了二人的一見如故、意氣相投。

從亂世中的「三月胡沙」、「浮雲四塞」，到相逢後的「東方日出」、「山嶽可移」，李白的心情之所以變得明朗，不僅僅是因為結識了「相逢意氣為君飲」（王維《少年行》）的好友，更是看到了「安得壯士挽天河」（杜甫《洗兵馬》）的希望。他回想戰國的平原君、孟嘗君、春申君、信陵君，他們都以善養士而知名，可是在李白眼中，他們的滿座賓客，也比不過這樣一位敢擔天下大任的「扶風豪士」。

終於，越聊越投緣的李白與「扶風豪士」，在清江水畔的白石灘上，飛揚眉宇，拔劍而舞，脫帽露頂，放聲大笑，一杯酒方下肚，一首歌又出口。歌中唱的是張良與黃石公結交的故事。張良是「漢初三傑」之一，是「運籌帷幄之中，決勝千里之外」的奇才，而相傳他的本事來源於一位叫做黃石公的世外高人，後者被張良的態度打動，方才傾囊相授。

李白感於「扶風豪士」的豪爽，故而與他脫帽舞劍，以「清水白石」寫照赤誠的交誼；李白傾慕「扶風豪士」的大節，故而為他飲酒作歌，以「張良黃石」稱頌其濟世的高義！從李白對「扶風豪士」的傾訴和讚美中，我們也不難看出，那個理想的自己隱隱浮現在李白的眼前！

影話

在《長安三萬里》影片中，將這首詩放在李白與高適黃鶴樓分別之時，李白吟誦着「撫長劍，一揚眉，清水白石何離離。脱吾帽，向君笑；飲君酒，為君吟」這幾句，乘船翩然而去。主要是因為這幾句尤為應景，使得這一情節再度強化了二人「青春知己」的設定。

李白與高適這兩位詩人，無論是真實的歷史形象，還是影片中塑造出的藝術形象，其實在性格上都有不小的差別。高適正統端莊，穩重近乎木訥；李白逍遙隨性，豪放略顯癲狂——形成了很直觀的視覺反差。但同時，這種外在反差背後卻蘊含着相同的精神特質，那就是進取的時代精神、湧動的青春氣息，這也是二人能成為知己的根本原因。

而「撫長劍，一揚眉，清水白石何離離」三句，在片中正是這種進取的時代精神、湧動的青春氣息極佳的註腳：儘管干謁不被人接納，儘管寫詩不被人認可，但眼前的這些挫折都不算甚麼，我們總會長劍一揮，我們終有揚眉吐氣之時，那時一切成就就會如同清水中的白石一樣，分明可見，這是對彼此的壯志和才華的高度自信。

「脱吾帽，向君笑；飲君酒，為君吟」則寫出了知己之間的豪放爽朗：儘管面臨分別，儘管不知前路如何，但一定要把最美的記憶留給彼此——脱帽露頂、杯酒下肚，這是友誼的爽朗；仰天大笑、放聲而歌，這是人生的豪邁。

一對「俱懷逸興」、「胸有韜略」的「青年知己」在此刻分別，並將書寫各自精彩的人生篇章。

採蓮曲

李白

若耶溪旁採蓮女，笑隔荷花共人語。
日照新妝水底明，風飄香袂空中舉。
岸上誰家遊冶郎，三三五五映垂楊。
紫騮嘶入落花去，見此踟躕空斷腸。

解讀

開元十三年（725 年）前後，在四川老家學有所成的李白決意「仗劍去國，辭親遠遊」，開啟了自己的青春漫遊生活，從「長江頭」的巴蜀天府一路遊歷到了「長江尾」的吳越水鄉。他一路上處處行歌，創作了大量的名篇佳作，包括我們熟知的《峨眉山月歌》、《渡荊門送別》、《望廬山瀑布》、《望天門山》、《長干行》等等。這首作品，就是青春正當年的李白，在夢幻無可比的開元十五年（727 年）前後，來到吳儂軟語溫柔鄉的江南佳麗地，碰撞出的一首極具浪漫色彩的佳作。

《採蓮曲》的題目和整首詩的意境，均脫胎於南朝樂府民歌中的代表作《西洲曲》。《西洲曲》以清新的意趣、純淨的境界、真摯的情感、流轉的聲韻為歷代讀者稱道，其中「採蓮南塘秋，蓮花過人頭。低頭弄蓮子，蓮子清如水」四句更是被譽為千古絕唱。而李白的這首詩則在《西洲曲》這一名篇的基礎上，融入了更具個人特色和青春氣息的書寫。

「若耶溪」位於紹興境內，相傳古時有七十二條支流，水系繁茂，又依託羣山，極具詩情畫意，水中長滿了荷花和蓮藕，無數的碧綠荷葉更增添了山水的清麗。就在這樣的美景之中，一位佳人正在採拾蓮子，在荷花的掩映下，與人言笑晏晏，此景盡顯朦朧之美：太陽照耀在澄明的溪水上，溪水映出她那迷人的紅妝，她輕輕挽起的衣袖，在和風吹拂之下飄擺，散發出淡淡的清香。這時，岸上的青年嬉遊而過，三五成羣，在垂楊中追逐嬉戲，不一會兒便騎着快馬消失在落花中。只留下詩人望着他們遠去的背影，踟躕斷腸。

詩中的採蓮女明豔活潑、落落大方，宛如清水芙蓉，天然清雅，姿態宛然，清新脫俗；遊冶郎也顯得意氣風發，瀟脫豪放。唯有詩人自己，看見這般景象，因為孤單落寞、因為心生羡慕，而痛斷肝腸。對於美好愛情的嚮往，人盡有之，何況是正當青春的浪漫詩仙呢。

影話

《長安三萬里》影片中，這首《採蓮曲》出現在岐王府中，入京獻藝的琵琶女彈唱了這首作品，令高適無比動容。轉日，他們又在長安的街上相遇，一問方才得知是李白的作品。

通過女子婉轉動情的彈唱和婀娜纖美的舞姿，詩中「笑隔荷花共人語。日照新妝水底明，風飄香袂空中舉」的形象顯得活靈活現；高適的驚詫和痴迷，也如同一位「岸上遊冶郎」，和我們一樣，驚歎於「若耶溪旁採蓮女」的動人倩影，更折服於李白的絕妙文辭，不禁「見此踟躕空斷腸」。

關於岐王府中的宴會，這裏多説兩句。岐王李範是唐玄宗的弟弟，以雅好文藝著稱；座上嘉賓玉真公主則是玄宗的胞妹，尤善舉薦文人才士入朝。所以大家在影片中看到，形形色色的有才之士，都想在岐王府的宴會上大展身手，博得岐王和玉真公主的賞識。當然，高適「用力過猛」，所以失敗了，而王維則被公主青眼相加，得以平步青雲。

説回這首《採蓮曲》在片中的作用，主要有三個：一是側面交代了李白此刻的行跡，沉浸在吳越溫柔鄉裏；二是反映出李白的詩歌已經初有所成，足以流傳入京，引人稱讚；三是體現出高適和李白天生的知己情緣，高適對李白作品由衷的喜歡。

而這三個目的又同時引向了一個結局，那就是長安獻藝失敗的高適，終於該去揚州赴李白的一年之約了。

題玉泉溪

湘驛女子

紅樹醉秋色，碧溪彈夜弦。
佳期不可再，風雨杳如年。

解讀

這首詩原是湘中驛站一女子所吟誦，不知其人姓甚名誰，更不詳其身世經歷，但從詩句表現的內容與情境來看，此詩帶有濃濃的憂傷氣息。

「紅樹醉秋色，碧溪彈夜弦」本是非常安閒美好的景象——前句有如杜牧的「停車坐愛楓林晚，霜葉紅於二月花」(《山行》)，漫山紅楓惹人沉醉，以致流連忘返；後句有如孟浩然「之子期宿來，孤琴候蘿徑」(《宿業師山房待丁大不至》)，琴聲悠悠通於天地，足以令人忘懷得失。

然而，對於失意之人而言，面對層林盡染的楓葉，看到的不是火一般的熾烈，而是秋的肅殺凋零；彈起聲聲入扣的琴箏，感受到的不是宮商起伏的美妙，而是夜的孤獨淒涼。

正如這樣的美景終不能常有，幾經風雨的摧殘，紅葉、秋色、碧溪和那彈弦的心境均會一去不返，只剩下歎息，令人度日如年，所謂「佳期不可再，風雨杳如年」！這首詩總體上表達的是一種昔盛今衰、年華流逝的傷感。

影話

《長安三萬里》影片中，高適看不慣李白在揚州的放浪形骸、蹉跎歲月，勸他振奮精神、建功報國，引來裴十二的不滿，二人展開了一場「裴家劍」對「高家槍」的對決。最終，高適落敗，裴十二也亮明了自己的女兒身，並感慨地唸出這首詩。

片中對詩歌進行了微小改編，將首句的「紅樹醉秋色」改為

「梨花醉春色」，以迎合劇情中的江南春夜的時令。

這首詩從「劍聖」裴旻家的女公子口中說出，為詩中原本的憂傷增添了更為確切的背景：裴旻修習一身武藝，半生功勳卓著，到頭來卻受人排擠，賦閒在家，空以劍舞知名；裴十二自幼讀書習武，深得父親真傳，在一眾兒孫中獨佔鰲頭，到成年時，卻只因是女兒身，無處用武，只得在詩酒中放浪形骸。這樣的設計和演繹，讓原詩中昔盛今衰、年華流逝的傷感更加真切、具體了。

原本因比武落敗而不甘，不願相信現實的高適，在聽完這首詩、了解了裴十二的無奈之後，卻突然釋懷了。他認識到了人生中太多的事本非強力所能致，無論年少讀書的障礙，還是岐王府獻藝的失利，都不該太過執着，因為這些就像李白「商人之子」的身份一樣，大多源於天命、時運，非一己之力可以轉移，也許像李白一樣，在接受命運現實的基礎上，尋找和期待機遇，也是讓理想照耀人生的一個解法。

片中的高適也因此突然不再口吃了，這彷彿是與曾經那個過於執着、過於拘謹的自己告別，但他還是要回到家中去為了理想奮鬥，畢竟比起逍遙浪跡，多一些準備，也就能在時運降臨之際多一分勝算。

臨別時李白贈言：「大鵬終有直擊雲天的一日。」這既是對知己的美好期許，也是對彼此前景的最佳展望。

宋中十首（其一）

高適

梁王昔全盛，賓客復多才。
悠悠一千年，陳跡唯高台。
寂寞向秋草，悲風千里來。

解讀

《宋中十首》是高適的代表作之一，「宋中」即宋州睢陽郡治宋城，是今河南商丘一帶，因是春秋時期宋國故地而得名，高適青年時代長期寓居於此，躬耕苦讀。

高適之所以選擇宋州寓居，一方面可能因為這裏地處中原，臨近長安、洛陽，又與自己的家鄉渤海不算太遠，對高適而言可以進退自如。另一方面，則可能是看中了這裏深厚的文化底蘊。宋州曾是漢代梁孝王故園所在。梁孝王是漢景帝的同胞弟弟，更是一位雅好文學的諸侯王，他曾修起一座大大的梁園，並招來當時最傑出的文學家枚乘、司馬相如等人一同詩酒唱和。「梁王昔全盛，賓客復多才」描繪的正是這樣的場面，高適之所以吟詠它，是因為對這樣的境遇充滿了嚮往，畢竟唐玄宗也是一位眾所周知的雅好文學的君主，高適也希望自己能像當年的枚乘和司馬相如一般，憑藉自身的過人才華得到統治者的青睞。

然而理想很美好，現實卻十分殘酷，自漢至唐，其實還不足千載，可惜梁園的奇幻傳說卻早已塵封在了歷史中，甚至它的遺跡都已荒廢，只剩一座孤零零的高台，長滿了象徵着歲月的衰草，在寒風中引人悲戚緬懷。

整首詩表現出來的這種理想與現實間的落差，正是此時高適人生的真實寫照：鬱堙不偶，屢戰屢敗，發憤求索，挫而彌堅。

影話

在《長安三萬里》影片中，這首詩出現在李白、高適於宋州重逢之時，二人述説彼此近況，高適提及自己寫詩，李白便將這首名篇脱口而出。同時，還講述了著名的「鐵杵磨成針」的勵志故事。這一情節，是對此前江夏離別之際，李白所説「你心中的一團錦繡，終有脱口而出的一日」的完美回應，也是對多年來高適「鐵杵磨成針」般辛勤努力的最好見證。

身當恩遇常輕敵，力盡關山未解圍。
鐵衣遠戍辛勤久，玉筋應啼別離後。
少婦城南欲斷腸，征人薊北空回首。
邊風飄颻那可度，絕域蒼茫更何有！
殺氣三時作陣雲，寒聲一夜傳刁斗。
相看白刃血紛紛，死節從來豈顧勳？
君不見沙場征戰苦，至今猶憶李將軍！

燕歌行

高適

漢家煙塵在東北，漢將辭家破殘賊。
男兒本自重橫行，天子非常賜顏色。
摐金伐鼓下榆關，旌旗逶迤碣石間。
校尉羽書飛瀚海，單于獵火照狼山。
山川蕭條極邊土，胡騎憑陵雜風雨。
戰士軍前半死生，美人帳下猶歌舞。
大漠窮秋塞草腓，孤城落日鬥兵稀。

解讀

這首詩創作於開元二十六年（738 年），高適首次出塞之後，是奠定高適詩壇地位的一首偉大作品，也是盛唐邊塞詩中數一數二的名作。它充分體現了高適落拓率真的詩風；同時，質樸的文辭之中，可見其匠心獨運和浩然氣概，更彰顯了中國古典詩歌觀照蒼生、諷喻時政的現實主義傳統。

開元後期，大唐與盤踞東北的奚、契丹等少數民族政權衝突不斷，高適因為父祖勳業的鞭策，和報國壯志的鼓舞，渴望能夠投身邊塞，安邦定國，故而去往東北，以求為國立功，然而卻受到冷遇，失意而歸。

雖然沒能實現建功立業的抱負，但此行卻讓高適對邊塞的局勢、戰爭和軍中生活有了更加全面的關注和深入的了解，也對邊塞軍中潛藏着的重大危機有了超出常人的感知。當時的東北守將叫張守珪，早期屢有戰功，故而深得唐玄宗的寵信，同時也就日漸恃寵而驕。

開元二十四年（736 年），張守珪遣部將安祿山征討奚、契丹，結果因為輕敵冒進，一戰而敗，損失慘重。開元二十六年（738 年），張守珪的部下私自出兵生事，再度進攻奚、契丹，仍獲慘敗，而張守珪卻隱瞞敗績，反向朝廷報捷，得到了皇帝的嘉獎。

親歷這一切的高適，看在眼裏，痛在心間，他憤恨於將領的胡作非為，同情於戰士的徒然犧牲，悲慨於國家的邊疆動盪，無奈於自己的有志難伸，百感交集之下，寫就《燕歌行》這一千古名篇。

詩歌的前六句交代了此次出塞征戰的背景。唐人詩中常常以「漢」代「唐」，所謂「漢家煙塵在東北」，就是指奚、契丹與唐軍在東北方邊境的衝突，「漢將」並非專指張守珪一人，而是無數東北軍中將領的合集。「辭家破殘賊」五個字寫出了他們的驍勇過人，但隱隱也流露出些許目空一切、志得意滿的味道。大軍森嚴整飭、軍威雄壯，敲着鐘、擊着鼓，打着漫天招展的旌旗，奔赴榆關外，穿行於碣石山間。目睹這一盛況的高適和身處其中的將士們一樣，充滿了建功立業的激情與奮勇殺敵的信心！這樣的描寫也給了我們一種錯覺，彷彿斬將、殺敵、立功、取勝，就如同探囊取物一般輕鬆。

然而緊接着四句，卻猶如當頭棒喝，將高適和戰士們從輕鬆立功的美好幻想中驚醒。「校尉羽書飛瀚海，單于獵火照狼山」，寫出了軍情的緊急和戰局的瞬息萬變；「山川蕭條極邊土，胡騎憑陵雜風雨」，則極言邊塞戰場的荒涼苦寒，以及敵軍的驍銳勇猛，彷彿這一切都是意料之外的突然。於是出征時還壯懷激烈、士氣彌天的大唐軍隊，很快就吃到了輕敵的苦果，被飛馳的胡騎衝擊得七零八落，死傷大半。面對這一切，高適悲之、痛之，於是字字泣血地寫下「戰士軍前半死生」，從威風凜凜、士氣彌天，到戰死沙場、馬革裹尸，變化只在轉瞬之間，戰場的殘酷與艱險，由此可見一斑。

然而當高適回到主將營帳，卻看見了更加觸目驚心的場面。因為輕敵冒進、指揮不力，應當為此次失利承擔最大責任的主將，居然還在喝着美酒，以歌姬歌舞助興。因而，他又滿懷激憤地寫出「美人帳下猶歌舞」。正是這體驗的真實、感受的真切，方造就了哀悼的悲憫，諷喻的痛切，也誕生了「戰士軍前半死生，美人帳下猶歌舞」這一振聾發聵的名句，穿越千載，至今仍讓我們讀之心頭一顫！

接下來的「大漠窮秋塞草腓，孤城落日鬥兵稀」兩句，既描寫了蕭條肅殺的環境：茫茫大漠，凜冽秋寒，荒草萋萋，寥寥孤城，落日昏沉；又以「塞草腓」與「鬥兵稀」的類比，突顯了胡騎源源不斷、凌虐沙場的氣勢，和漢軍艱難苦戰、彈盡糧絕的慘狀。「身當恩遇常輕敵，力盡關山未解圍」則以今昔對比，回扣了詩歌的前半段，再度道出戰前的恩榮得意和戰後的無計可施，再度將矛頭指向主將的指揮無能。

然而，戰爭給人民帶來的苦難不止於此，邊塞戰場上每一個生命隕落的背後，都引出了一個家庭的破碎。「鐵衣遠戍辛勤久，玉筋應啼別離後」，每一個身着戰甲在前線辛勤守備的男兒，家中都有期盼團圓的目光，久而久之，一束束目光化作一行行清淚，在寂寞無人的城南月夜裏流淌。然而，前線的士卒們何嘗不渴望團圓，何嘗不期待回家？他們甚至無數次地在腦海中設想過衣錦還鄉的畫面，祈盼打完這一場仗就能夠回家團圓。然而此刻，一切希望都將幻滅，想到面對飄搖不可度的邊庭，身處蒼茫無所有的絕域，想到欲斷腸的城南少婦，這些薊北征人能做的也只有空空回首，默默接受「此生不復得見」的悲慘結局。

但這些戰士，終究是可敬的熱血男兒！儘管主將無能連累三軍，儘管軍中苦樂如此不均，儘管回家無望夫妻離分，儘管力盡關山難轉乾坤，但既然投身戎旅，既然捨身報國，就沒有後退可言，一聲傳夜的刁斗響過，凜凜殺氣再度升騰，戰士們握緊手中的白刃，誓要用最後的拼殺鑄就鐵血英魂！這不是為了逃生，更不是為了功名，只是源於一個戰士本能的戰鬥精神。只是，面對造成這一悲劇的根源，這些悲情英雄還是懷念起了昔年那位勇略過人、與士卒同甘苦的飛將軍李廣。

這首詩表達了三個層面的內涵：首先是對戰士們誓死守衛疆土的英雄氣概的歌頌；其次是對主將無能造就這一場悲劇的諷刺；最後還有對良將賢才的期許，而這三層內涵其實又是統一的。倘有一位李廣一樣傑出的將領，帶領着這些英雄男兒守備我們的邊塞，疆域豈能不安定，士卒怎會多犧牲，夫妻何患不團聚，天下何愁不太平？這與王昌齡所謂的「但使龍城飛將在，不教胡馬度陰山」（《出塞》）又是異調同聲。

當然，在高適心目當中，自己也當奮發進取，成為這「龍城飛將」般的優秀將領。

影話

我國是立足於農耕傳統的文明古國，因而我們的祖先歷來都是愛好和平、反對戰爭的，從《詩經》中的「昔我往矣，楊柳依依；今我來思，雨雪霏霏」，到漢樂府中的「十五從軍征，八十始得歸」，歷來的詩歌中對於戰爭也都是反感和厭惡的情緒，因為有戰爭就會有邊塞的荒寒、骨肉的分離、戰鬥的艱辛，乃至隨時到來的死亡。

然而，盛唐是一個例外：在強大國力的加持下，人們褪去了對戰爭的過度恐懼，反而增添了保家衛國、書寫歷史的壯志豪情；在獎勵邊功政策的感召和封侯拜相的鼓舞下，一大批熱血青年，懷着壯志豪情奔赴邊疆，渴望在殺敵報國的同時，實現自己的人生價值與追求，這就是所謂的「男兒本自重橫行，天子非常賜顏色」，也是盛唐邊塞詩盛行的原因所在！

然而正如《燕歌行》這首詩和《長安三萬里》影片中呈現的相關情節，這一腔報國的壯志熱血，倘若傾注在了不當之處，託付給了不良之人，所換來的也就只能是失意落寞。

影片中的高適懷着一腔報效國家、復興家門的熱血投身戎旅，來到東北邊塞張守珪的軍中。為了完成這份上陣殺敵的使命，他不斷地修煉武功軍略，靠着過人的實力擊碎懷疑，帶着和萬千戰士一樣的必勝信心和誓死決心，率領馬隊深入前線刺探軍情。終於，他親歷了邊塞戰爭的慘烈，見證了無數戰友為了守護大唐戰旗的尊嚴而犧牲，然而當他九死一生回到中軍帳下，看見的卻是一片歌舞升平，彷彿死去士卒們的鮮血，不能讓這些高高在上的將領有絲毫觸動。

此刻高適心中，說不出有幾重悲傷、失落和憤怒。於是，他憤然離開東北軍中，來到蒲津驛站。當他看見新的士兵被送往前線，預見這些鮮活的生命不知多少可以得到善終，心裏壓抑了一年的詩情，終於再也不可遏制。在蒲津驛站的一塊詩板上，他奮筆寫下這篇《燕歌行》。

作為渤海高家的後人，對祖上的功業耳濡目染，對先輩良將的事跡如數家珍，帶領將士取得勝利的信念本就十分濃烈，而親歷邊塞的苦樂不均、輕敵致敗，他期許賢才良將的心情自然也更加迫切。當然，世界上最可靠、最值得信賴的人，就是自己，後來，高適決意再度出塞，投身戎旅，很可能在這裏已經埋下了種子。

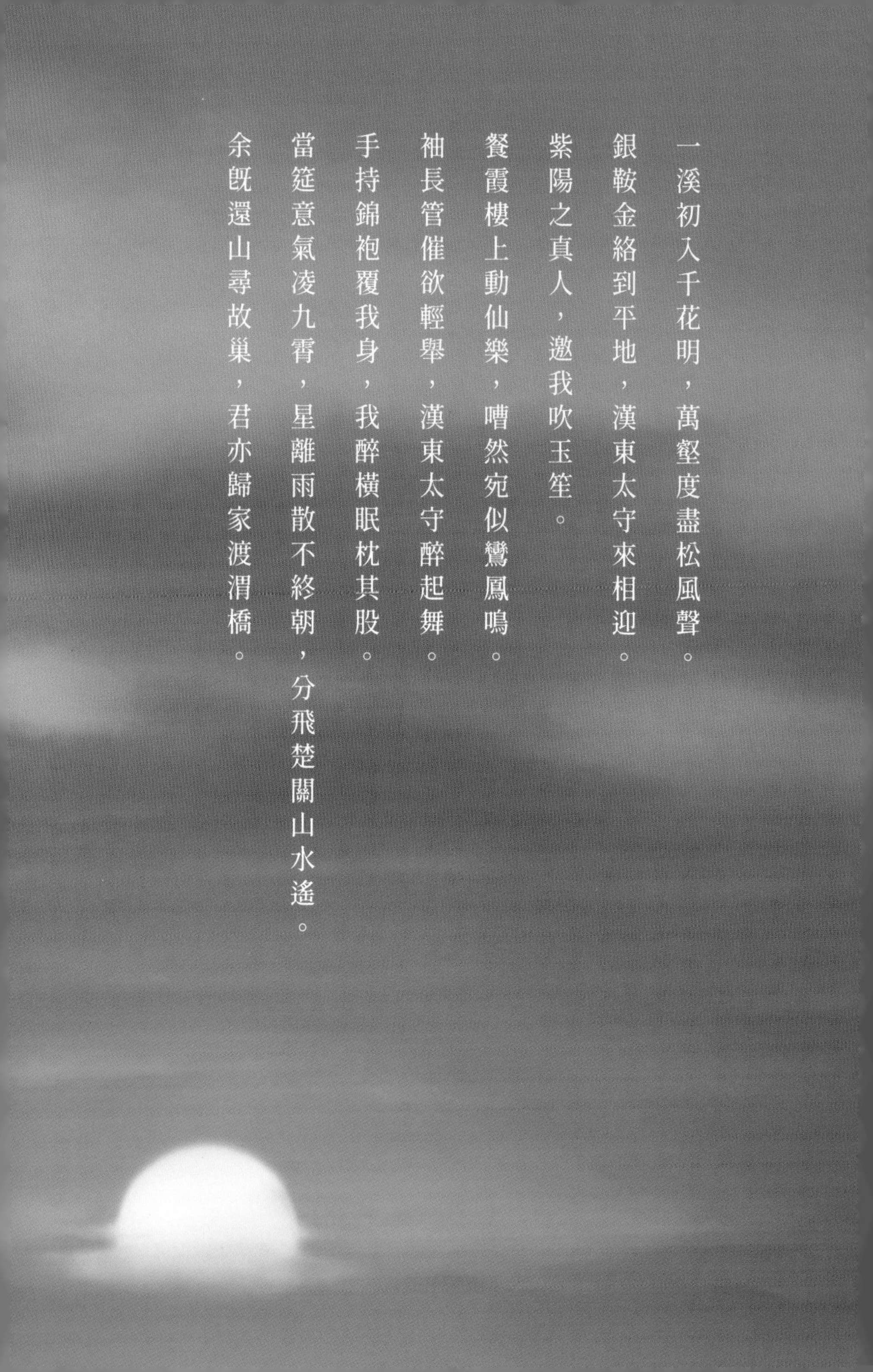

一溪初入千花明，萬壑度盡松風聲。
銀鞍金絡到平地，漢東太守來相迎。
紫陽之真人，邀我吹玉笙。
餐霞樓上動仙樂，嘈然宛似鸞鳳鳴。
袖長管催欲輕舉，漢東太守醉起舞。
手持錦袍覆我身，我醉橫眠枕其股。
當筵意氣凌九霄，星離雨散不終朝，分飛楚關山水遙。
余既還山尋故巢，君亦歸家渡渭橋。

憶舊遊寄譙郡元參軍

李白

憶昔洛陽董糟丘，為余天津橋南造酒樓。
黃金白璧買歌笑，一醉累月輕王侯。
海內賢豪青雲客，就中與君心莫逆。
回山轉海不作難，傾情倒意無所惜。
我向淮南攀桂枝，君留洛北愁夢思。
不忍別，還相隨。
相隨迢迢訪仙城，三十六曲水回縈。

翠娥嬋娟初月輝，美人更唱舞羅衣。
清風吹歌入空去，歌曲自繞行雲飛。
此時行樂難再遇，西遊因獻《長楊賦》。
北闕青雲不可期，東山白首還歸去。
渭橋南頭一遇君，酇台之北又離羣。
問余別恨今多少，落花春暮爭紛紛。
言亦不可盡，情亦不可極。
呼兒長跪緘此辭，寄君千里遙相憶。

君家嚴君勇貔虎，作尹幷州遏戎虜。
五月相呼度太行，摧輪不道羊腸苦。
行來北涼歲月深，感君貴義輕黃金。
瓊杯綺食青玉案，使我醉飽無歸心。
時時出向城西曲，晉祠流水如碧玉。
浮舟弄水簫鼓鳴，微波龍鱗莎草綠。
興來攜妓恣經過，其若楊花似雪何！
紅妝欲醉宜斜日，百尺清潭寫翠娥。

解讀

這首詩是天寶年間，李白隱居淮南、高卧敬亭山時，回望過往人生和昔日遊處的作品。題目中的譙郡元參軍是李白的好朋友元演，對方當時正在皖北的亳州任參軍，聽聞李白到皖南宣城定居，便特意發來問候。這突如其來的問候，霎時就將李白帶回了二十年前與對方相逢、相識、相交、相知的記憶當中，整首詩除了表達對友人知己的深深懷念，也流露出了對美好青春年華的留戀。

詩歌前四句塑造了自己浪跡天下、逍遙無羈的豪士形象，尤其「黃金白璧買歌笑，一醉累月輕王侯」一句，將李白一擲千金、豪放灑脫、不拘凡俗、高蹈世外的「仙家」特質刻畫得淋漓盡致。而後六句，從「海內賢豪青雲客」到「君留洛北愁夢思」，寫自己與元演在洛陽酒肆相逢，一見如故，詩酒唱和，情投意合，直至不忍分離的情景。

於是就有了緊接着的二十一句，關於同遊江漢的回憶，從「不忍別，還相隨」到「君亦歸家渡渭橋」，介紹了他們遊仙訪道、縱情山水，輕歌曼舞、平交王侯的生活狀態，滿是青春自得與快活自在。所謂來而不往非禮也，既然元演陪李白遊了漢南，自然也該邀他同去塞北，其後二十四句寫的正是這個內容：元演的父親在太原主政，設下佳肴美饌，安排歌兒舞女，盛情款待李白，元演也陪着他同遊晉祠、尋訪太行，度過了一段夢幻的歲月。

詩歌的最後八句則將視線從美好的回憶，拉回冷落的現實：一切美好已成過往，不知佳期何許，重逢幾時？縱然能夠跨越空間的距離，與至交再會，卻也扭轉不了時間的流逝，再難書寫青春的新故事──「問余別恨今多少，落花春暮爭紛紛」，人生的青春之花落下，就再也不會重開了。

影話

《長安三萬里》影片中，這首詩同樣出自長安李白家門前眾人口中，「紫陽之真人，邀我吹玉笙」與「仰天大笑出門去」的自得之情不同，更多表現的是李白性格中逍遙率性的一面。

清代龔自珍在《最錄李白集》中評價李白：「莊、屈實二，不可以並；並之以為心，自白始。」這裏的「莊」是莊子，是逍遙世外的代表；「屈」是屈原，是心懷家國的代表。這原本是兩條截然不同的人生道路，正如孔子所謂「道不行，乘桴浮於海」，孟子所謂「達則兼濟天下，窮則獨善其身」，入仕與歸隱是兩個互斥的選擇。

然而，李白這樣一位冠絕千古的大才，在盛唐這樣一個千載難逢的盛世，偏要把這兩條路都走得通暢、漂亮，雖然這最終導致了李白一生的蹉跎和困厄，但同時也造就了眾人口中傳誦的「謫仙人」的佳話，更成全了詩國獨一無二的傳奇人生。

別魯頌

李白

誰道泰山高，下卻魯連節。
誰云秦軍衆，摧卻魯連舌。
獨立天地間，清風灑蘭雪。
夫子還倜儻，攻文繼前烈。
錯落石上松，無為秋霜折。
贈言鏤寶刀，千歲庶不滅。

解讀

題目中的魯頌是李白的一位朋友，具體生平已難以確考，但從李白這首送別詩的內容來看，他應當是一位義薄雲天、慷慨豪勇的俠士。且結合詩中出現的「泰山」、「魯仲連」等名稱，大致可以推測這首作品作於山東。

魯頌姓魯，戰國時的山東義士魯仲連也姓魯，故而李白用魯仲連來比喻魯頌，詩歌的前六句講的都是魯仲連的故事。魯仲連是戰國末期齊國的著名辯士，《史記》中有他的傳，《戰國策》也詳細記載了「魯仲連義不帝秦」的故事。

魯仲連漫遊趙國之時，正好趕上趙國長平戰敗，趙國都城被秦軍圍困，魏國人前來調停，勸趙國臣服秦國，尊秦君為帝。魯仲連則勸趙國絕不可臣服於秦，彰顯了卓然的意氣風骨，同時又以三寸不爛之舌說服魏國聯趙抗秦。最終在趙魏兩國合力之下，秦軍只得解圍退去。作為趙國的救命恩人，魯仲連卻又辭去了趙王的賞賜，繼續遊學隱居。

從魯仲連的身上，其實不難看出李白理想人格的影子。還是龔自珍的《最錄李白集》中寫道：「儒、仙、俠實三，不可以合，合之以為氣，又自白始也。」也就是說，除了以屈原為代表的心懷家國的儒家思想，以莊子為代表的隱逸求仙的道家思想之外，李白人生中還有一個很重要的側面，那就是俠義精神，一種「獨立天地間，清風灑蘭雪」的，人格無比高大、品性無比純潔、精神無比自在的生命境界，他的平交王侯，他的待時而動，他的胸中丘壑，他的筆底波瀾，他的心境超然，無不是這一生命境界的具體外化。

詩歌的後六句則寫回了魯頌這位友人，說他風流灑脫，專攻文學，但在精神氣質上仍能夠繼踵前賢，承繼魯仲連的風範。如同一棵不為秋霜摧殘的傲然青松，屹立於蒼茫天地之間。

這當然不只是在送別之際歌頌友人，因為能與這樣的俠士成為朋友的，必然是另一個擁有「氣貫泰山」、「節比魯連」、「獨立天地」、「千歲不滅」的偉大靈魂之人。故而，李白臨行解刀相贈，期盼二人的友誼能經得起千載風霜的考驗。

影話

《長安三萬里》影片中，在長安李白家門前眾人的口中，同樣道出了這篇作品中最能體現李白生命境界的一句——「獨立天地間，清風灑蘭雪」。和前篇的「紫陽之真人，邀我吹玉笙」一樣，這兩句詩展示了李白的性格側面，為我們刻畫了一個「莊、屈一體」、「儒、仙、俠並重」的「完人李白」。

別劉大校書

高適

昔日京華去，知君才望新。
應猶作賦好，莫歎在官貧。
且復傷遠別，不然愁此身。
清風幾萬里，江上一歸人。

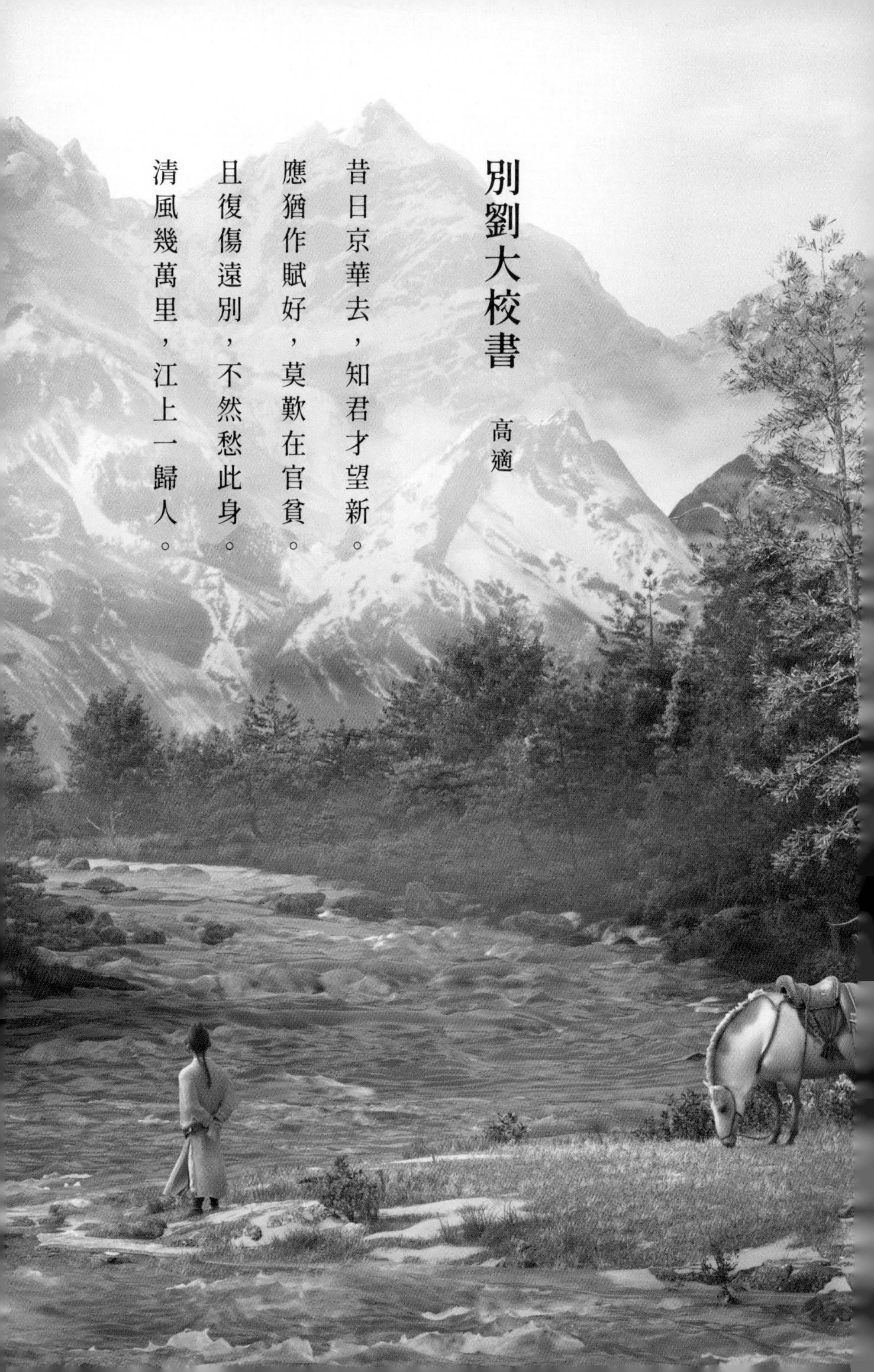

解讀

這首詩作於天寶八年（749 年），高適的朋友劉大校書決意離開長安，返回故里，高適為之送行而作。

這位劉大校書並不是尋常無名之輩，而是盛唐著名的山水詩人劉昚虛，因在家中排行老大，在朝中任校書郎，故稱「劉大校書」。他是王昌齡和孟浩然的好友，代表作有《登廬山峯頂寺》、《尋東溪還湖中作》、《江南曲》等，其中 11 首作品入選《河嶽英靈集》，可見其在當時詩壇的影響。

劉昚虛是開元二十一年（733 年）進士，高適開元二十三年（735 年）前後初入長安之時，正是劉昚虛人生最為青春得意的時候，故而詩歌開篇寫「昔日京華去，知君才望新」，正是交代了這段舊日相識的往事。

但雖然成名日久，文采過人，博得了「應猶作賦好」的名聲，劉昚虛卻始終沉淪下僚，擔任着校書郎這樣的小官，高適勸他「莫歎在官貧」，不要為仕途蹭蹬而悲歎。當然，對於高適這樣一個人生屢敗屢戰的失意青年來說，也是在藉友人的經歷勸慰和勉勵自己。

劉昚虛決計歸鄉，高適為之送別，雖然兩人一去一留，但都承受着人生挫折的苦痛，所以在「傷遠別」的離情別緒之上，愁情就更濃重了一層，有了「愁此身」的共鳴。

但詩歌的結尾還是大氣壯闊的——「清風幾萬里，江上一歸人」，寫友人在浩瀚的江面上，獨自乘風歸去；同時也留下浩瀚天地間，獨自的一個「我」佇立江邊，迎着萬里清風，繼續搏擊天地。在與友人送別的不捨和對人生坎坷的感慨之外，我們同樣能讀出高適對茫茫前路的展望和對心中理想的執着。

影話

《長安三萬里》影片中，高適應李白之邀再赴長安，在李白家門前偶遇青年杜甫，後者口中吟出了此詩中最精彩的兩句：「清風幾萬里，江上一歸人。」

首先可以見出，歷經了宋州的苦讀和邊塞的歷練，高適的詩名也早已傳播開來，這是他的成長。同時，這兩句詩也契合高適此時的處境，歷經坎坷、飽經風霜，依然未有所成，他也是江上的一位歸人。好在，與劉大校書的離別不同，高適迎來的是與李白、杜甫這些故人的重逢，重逢總比分離能給人更多溫暖和安慰。

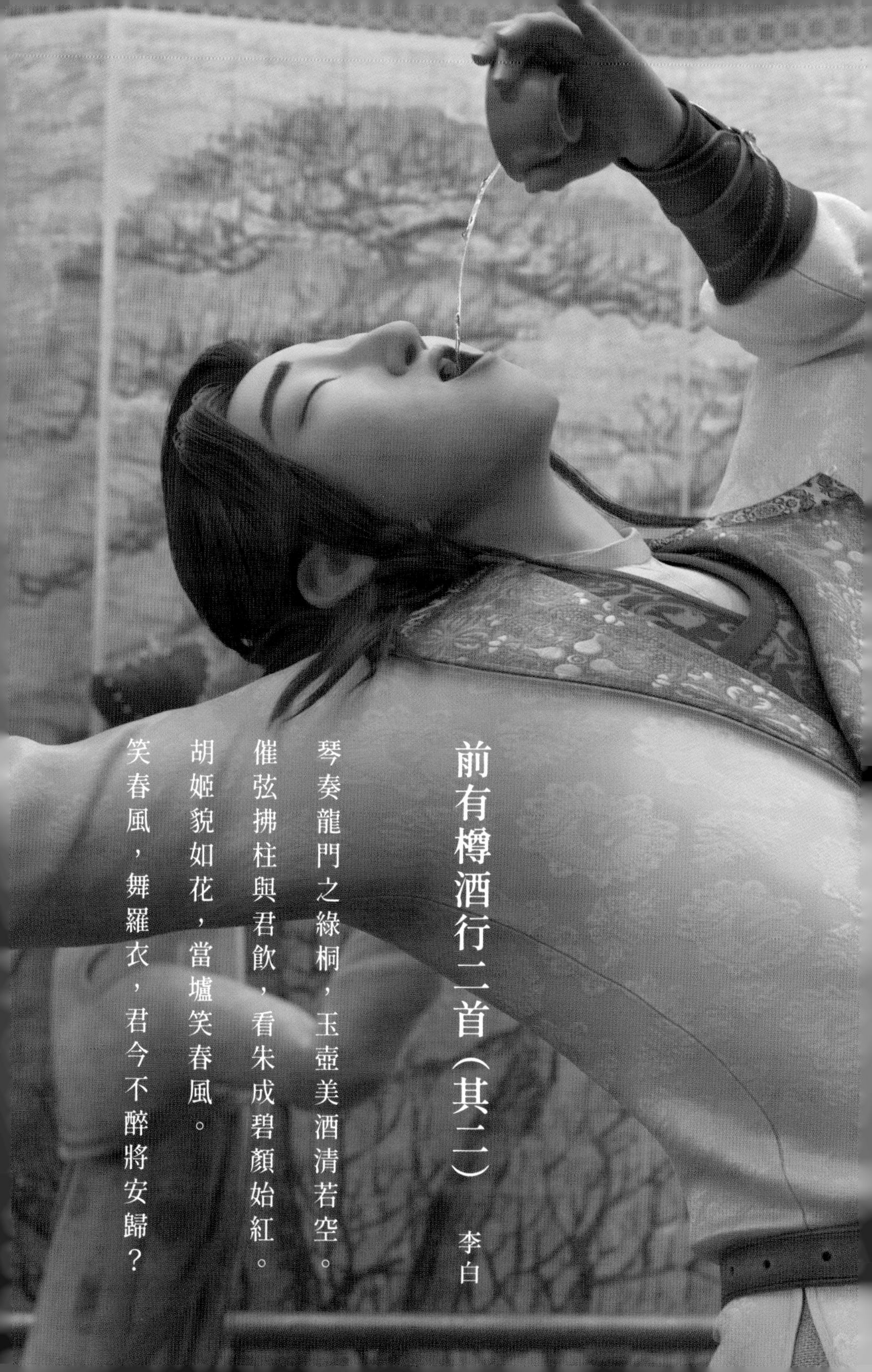

前有樽酒行二首（其二）

李白

琴奏龍門之綠桐，玉壺美酒清若空。
催弦拂柱與君飲，看朱成碧顏始紅。
胡姬貌如花，當壚笑春風。
笑春風，舞羅衣，君今不醉將安歸？

解讀

這是一首古題樂府，李白在詩中用極為繁複誇張的筆墨，表達了及時行樂的人生態度。由於這種風格和思想貫穿李白生活的始終，所以難以確考具體的創作環境與背景。

相傳龍門山上有碧綠的梧桐，以之做成琴身，自是琴中一品。這首詩中，李白便彈起了這樣一張絕世好琴，美妙的天琴音果然不同凡響。好琴更有美酒相伴，當晶瑩剔透的玉壺傾倒，清澈的瓊漿幾番流入口中，伴着美妙的音樂，將人帶入飄然仙境。抬起迷離的雙眼望去，早已分不清佳人的臉上、裙間，何處有綠，何處是紅，只感受到如同春風中盛開的繁花，美妙無窮。面對這樣的美景、美樂、美酒、美人，還有甚麼人能不為之陶醉呢？

整首詩在唐詩當中算不上精彩，藝術手法凡筆多於妙筆，思想價值更是無從談起，但滿篇的醉意和逍遙的神氣，卻帶有李白鮮明的印記。

影話

在《長安三萬里》影片中，這是李白在長安曲江酒肆中，眾人簇擁之下，在高高的木板上吟唱，以供眾人取樂的詩篇。

長安曲江酒肆的情節，可以看成是盛唐詩壇的羣星匯聚，王昌齡、岑參、王維、李白等偉大詩人先後登場，杜甫、高適也同樣置身其間，還有賀知章、張旭、崔宗之、汝陽王李璡為代表的「飲中八仙」和李邕這樣的大書法家從旁助陣，直觀地將我們帶回了那個羣星閃耀的詩國盛唐。

盛唐詩壇其實本就是一個多元文化碰撞的宇宙，我們所熟知的這些詩人，很多在生活中是無比親密的好友，這種詩酒唱和的場景雖不能説是每天都有，卻也的確算得上一種常態。當然，他們的目的並不都是縱情享樂，往往也會帶有更加積極向上的意義。但無論如何，透過這個情景，我們應當認識到，唐詩在那個時代，並不是脱離生活、高高在上的廟堂之音，而是鮮活地存在於人們日常生活中，這也是它擁有無盡生命力、得以滲透進無數人靈魂深處的根源所在。

然而，在眾人忘情的喧鬧中，高適愈發覺得自己與這個環境格格不入，也許是聽到賀知章説到李白是位「謫仙人」，他卻自認是「世間人」，也許這二者本就有着不同的道路與歸宿。

於是，高適默默離開，只有杜甫注意到了他的身影，趕來為他送行，並應高適之邀一同去往乾陵祭拜，這兩位「世間人」終究還要為了功名和理想奮鬥一生。

三杯吐然諾，五嶽倒為輕。
眼花耳熱後，意氣素霓生。
救趙揮金槌，邯鄲先震驚。
千秋二壯士，烜赫大梁城。
縱死俠骨香，不慚世上英。
誰能書閣下，白首太玄經。

俠客行

李白

趙客縵胡纓，吳鈎霜雪明。
銀鞍照白馬，颯沓如流星。
十步殺一人，千里不留行。
事了拂衣去，深藏身與名。
閒過信陵飲，脫劍膝前橫。
將炙啖朱亥，持觴勸侯嬴。

解讀

俠義精神本來就是李白性格中的一個重要側面，他一直將遊俠們堅守信義、宣揚正道、除暴安良、勇武果決的品質當作自己重要的人生追求，更是常常在詩歌中讚美和抒發自己的俠義精神，這首《俠客行》正是其中最具代表性的一首。

詩歌作於天寶三年（744 年）前後，李白漫遊燕趙之際。因為前四句描繪的，正是一位馳騁燕趙大地的俠客：他的帽盔上飄逸着胡人的纓帶，他的腰間佩帶的彎刀如霜雪般明亮，這彎刀又與胯下的銀鞍白馬相映閃爍。他迎風狂奔、颯沓生姿，好似流星墜落在莽原，閃閃的銀光直讓人膽寒。據此我們可以想像這是一位何等雄豪的絕世英雄，同時也不難看出，這是李白筆下對於自己理想人格的刻畫。

緊接着的是這首詩中最為精彩的四句：「十步殺一人，千里不留行。事了拂衣去，深藏身與名。」與前四句對形象的精細刻畫不同，對於俠客的武藝和品格，李白只用了寥寥數筆加以勾勒，卻將其千軍萬馬取上將首級如探囊取物般的精妙武功寫得飄逸生姿，讓人絲毫不覺得血腥凝重，反而有一絲清新淡泊之氣，同時俠客不慕虛榮、高蹈飄逸的人格品質，也躍然紙上、顧盼生姿。

而後十二句詩，引用典故寫了對於俠客功業成就的期許。戰國的朱亥、侯嬴與信陵君，他們名為主客，卻情同知己，常常為了彼此的豪雄意氣，以天下大事彼此許諾，彷彿五嶽之重在他們的意氣面前也都不值一提。為了感激信陵君的信賴和禮遇，侯嬴獻計竊符救趙，朱亥奮勇陷陣殺敵，最終成就了信陵君的美名，使得整個魏國為之信服，也留下了千古美名！

這一段的內容既是詠史，也是述懷，李白感歎既然不能常伴君王，成為一代帝師、賢明宰相，又不忍拋棄黎民、羽化登仙，那麼仗着一股俠義之氣，於疆場之上陷陣殺敵、保境安民，便是最為切實可行的選擇。

詩歌的最後，他表達了自己為達目的，不畏犧牲的精神：「縱死俠骨香，不慚世上英。誰能書閣下，白首太玄經。」這裏拿終生作賦的揚雄做反面教材，主張既然心懷天下，就該拼死一搏，縱然身死，其精神也會萬古流芳，不愧對世間的英豪之氣。

影話

《長安三萬里》影片中，李白誦《將進酒》的名場面過後，眾人皆已酩酊大醉，唯有高適清醒過來，將要繼續踏上現實的追夢之旅。挽留不及的李白，像他們初見時一樣提出比試相撲。目光交匯之間，記憶幾度回溯，可終究不抵歲月匆匆。當二人最後一次甩開對方，「謫仙人」李白與「世間人」高適，此刻終將徹底分開。李白對着縱馬遠去的高適唸出了這首詩的前四句：「趙客縵胡纓，吳鈎霜雪明。銀鞍照白馬，颯沓如流星。」並説：「這首詩，我二十年前就是照着你的模樣寫的！」

這四句詩的確與高適的形象十分匹配：高適本身生於河北，燕趙大地，自古多慷慨悲歌之士，況且他出身豪門，血液中就帶有濃濃的俠氣。結合我們前面提到的，他天性拓落、不拘小節、耿直坦蕩、率直灑脱，正滿足我們對於「銀鞍白馬少年俠客」的全部想像。加之高適一生三度出塞，數次總戎臨邊，在萬馬軍中出生入死，最終功成名就，不正是「事了拂衣去，深藏身與名」的典型嗎？

不過，與其説《俠客行》寫的是高適，倒不如進一步將其理解為，高適是李白心目中萬千理想俠客中的一個，而恰恰也是於李白最親近、於我們最熟悉的那一個。

擬古十二首（其九）

李白

生者為過客，死者為歸人。
天地一逆旅，同悲萬古塵。
月兔空搗藥，扶桑已成薪。
白骨寂無言，青松豈知春。
前後更歎息，浮榮何足珍？

解讀

這首詩表現了李白對生命意義和價值的思考，具有很強的哲學意味。

人生天地之間，不過是一場短暫的旅行，命中的一切繁華景象終將歸於沉寂，死亡才是長久的歸宿，這是人生的短暫。而與之相比，天地宇宙卻又無比的廣闊綿長，玉兔搗藥終不會改變月亮的陰晴圓缺，天邊的扶桑與灶下的柴薪見證了無數桑田滄海的變遷，累累白骨雖無生命，卻比活着的肉體存續長久，棵棵青松雖不能言語，卻也比人多經歷無數個春天。

這種人生有限和宇宙無窮之間的根本對立，就是所謂「人生如寄」的思想，這是古人對於生命與宇宙關係的基本認知，也是大多數文人和文學作品中愁情的根本源泉。一旦認識到了這一點，眼前的富貴繁華、功名利祿也就變得不值一提，但更大的虛無感和無力感，也就縈繞在了心間。

影話

在《長安三萬里》影片中，眾賓客飲酒歡宴酒醒、高適策馬離開之後，李白唸出了這首作品中的開篇四句：「生者為過客，死者為歸人。天地一逆旅，同悲萬古塵。」

李白與高適互為知己，人生路上卻始終聚少離多，彼此都不過是生命中的匆匆過客，然而人對於天地而言，本就是過客，所以，能同行一場已是值得慶幸了。此次一別，後續的劇情中，二人的確再也沒有重逢了。高適去往西北邊塞，加入了哥舒翰的幕府；李白則輾轉江淮，隱居求道。雖然後來的安史之亂將他們的命運再度交織，這對知己卻終究沒有能夠面對面地再訴衷腸。

不過，當他們「同悲萬古塵」之後，無論「謫仙人」還是「世間人」，都永恆地在盛唐詩壇的星空中共存，這也正是有限的生命超越無窮宇宙的方式，肉體雖滅，靈魂與英名卻可不朽永存。

贈汪倫

李白

李白乘舟將欲行，
忽聞岸上踏歌聲。
桃花潭水深千尺，
不及汪倫送我情！

解讀

《贈汪倫》是一首大家從小就很熟悉的作品，但詩歌本身和背後的故事也都值得再講一講。

這是發生在天寶末年的故事，當時李白為躲避中原即將到來的戰禍，舉家來到了淮南的宣城隱居避亂。之所以選擇宣城，是因為這裏是南朝著名詩人謝朓曾經常年工作和生活的地方，李白是謝朓的粉絲，此行多少有些「追星」的目的，比如大家熟悉的那首《宣州謝朓樓餞別校書叔雲》就是他追星的成果之一——「棄我去者，昨日之日不可留，亂我心者，今日之日多煩憂」。不過，李白不僅有自己的「愛豆」，同時還有很多自己的「粉絲」，比如離宣城不遠的涇縣，就住着一個叫汪倫的人。

據清代袁枚的《隨園詩話》記錄，汪倫是當地的一位豪俠之士，仰慕李白的才華與俠義，想邀他來家中做客，又怕李白不肯來，便寫了封信給他，說：「我聽聞翰林您喜歡遊覽山水，我們這裏有十里桃花；也知道翰林您喜歡喝酒，我們這裏有萬家酒店。您何不來這裏親身體驗一番呢？」

李白收到信當然非常開心地前去找尋這片世外桃源，到了卻並沒有看見所謂的「十里桃花」、「萬家酒店」。汪倫這時才解釋說：「十里桃花就是縣城邊的桃花潭，方圓十里；至於萬家酒店，我們酒店的老闆就姓萬，那不是萬家酒店嗎？」

李白聽後哈哈大笑，遂與汪倫結伴相遊數日，臨別之際就寫下了這首著名的《贈汪倫》。詩歌記述了分別之時，汪倫帶着村人為李白踏歌送行的場面，以歌舞歡愉沖淡了離情別緒，更以奇妙的想像將友情與桃花潭水相比，使其顯得形象而具體，整首詩歌也於平易自然之中見出感情的真摯。

在這個美好而有趣的故事背後，更可貴的是詩中表達的那份超越階層、深過千尺桃花潭水的淳樸友誼，這份真真切切的情誼，足以穿越千載，令人感動。

影話

《長安三萬里》影片中雖然沒有直接出現這首詩中的詩句，但呈現了高適因公務途經宣城渡口之時，目睹的送別時的「岸上踏歌聲」的場景。

正如高適所說，「莫愁前路無知己，天下誰人不識君」，董大是如此，李白亦是如此。對於才華橫溢、為人豪爽、個性張揚的李白而言，到哪裏都不會缺少朋友，甚至知己。對於高適而言，縱然這次偶遇沒有留下隻言片語，但能夠遠遠望見這位知己，了解到他的婚姻與家庭現狀，知道他還過得不錯，也就感到欣慰和知足了。

哥舒歌

西鄙人

北斗七星高，
哥舒夜帶刀。
至今窺牧馬，
不敢過臨洮。

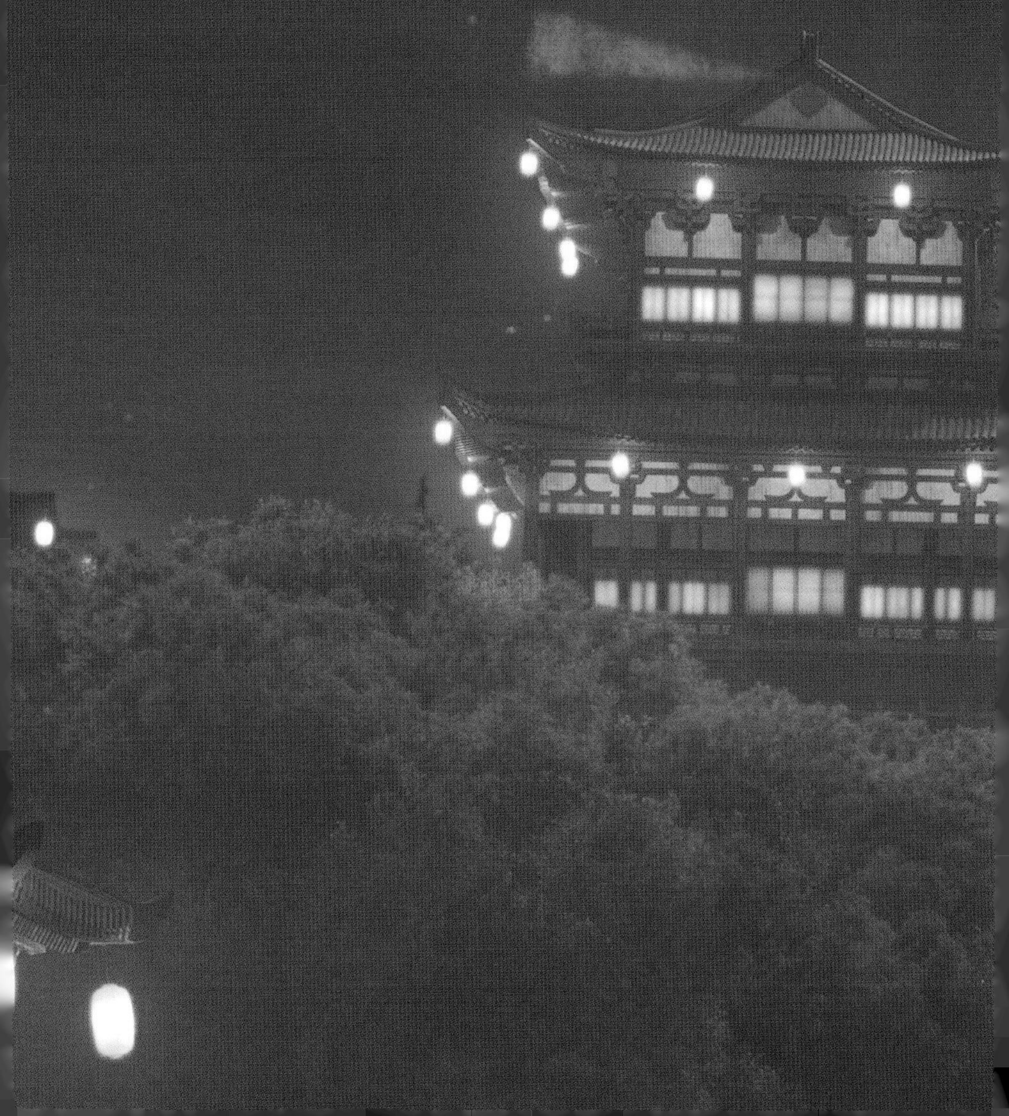

解讀

這是歌詠唐朝名將哥舒翰的一首絕句，我們並不知道具體的作者是誰，題為「西鄙人」，就是說是西方邊境上的人所傳唱的，這也從側面反映出了哥舒翰在邊塞的威名是人所共知的。

古有《論語》中說「為政以德，譬如北辰，居其所而眾星共之」，今有《好漢歌》中唱「星星參北斗」，足以體現，在從古至今的人們心目當中，無窮無盡的滿天繁星，當以北斗為尊。

而在燦若羣星的大唐名將當中，夜下飛馳、身挎寶刀的哥舒翰，就如同北斗星一樣，同樣有着數一數二、無可替代的地位。只要聽到他的英名，胡人就只敢偷偷摸摸地放馬，絕不敢在邊境造次，乃至跨越臨洮一步。

讀到這裏不知道大家有沒有聯想到王昌齡的「但使龍城飛將在，不教胡馬度陰山」？這首詩中的哥舒翰，不正是這樣的存在嗎？這不正是高適一心盼望、「至今猶憶」的李將軍嗎？因此高適追隨哥舒翰出塞，可能也有這方面的考量。

歷史上的哥舒翰其實是個很有爭議的人物，他勇略過人、戰功卓著、威震西域的確不假，但同時作為邊將也難免有過邀功生事的經歷，尤其是天寶八年（749 年）的石堡城之戰，哥舒翰以十萬將士的犧牲為代價，奪取了吐蕃一座空城，為他招致了不小的非議。杜甫在《前出塞》中批評他「苟能制侵陵，豈在多殺傷」，李白更是在《答王十二寒夜獨酌有懷》中直言「君不能，學哥舒，橫行青海夜帶刀，西屠石堡取紫袍」。

但在安史之亂中，哥舒翰鎮守潼關，抵禦叛軍半年之久，其間運籌得當，屢屢反攻得手，極大程度地延緩了叛軍的節奏，消磨了反賊的氣焰，最終在被逼無奈之下冒死出擊，又寧死不降，為守護大唐獻出了自己的生命。從這個角度來說，他仍然算得上一位英雄人物。

影話

《長安三萬里》影片中，將這首詩放在了潼關之戰的背景中，哥舒翰帶傷出征，奮力突圍，最終無奈被擒、飲恨疆場。在出征之前，為了激勵全軍將士，他回味往事，彈劍而歌，遙想當年英武，口中滿懷自豪，心中卻實屬無奈地唸出了這首詩。

自豪是因為自己曾橫行西域，舉世無雙，保證大唐邊疆數年的安寧，也功成名就，出將入相，一生為國殺敵，誓將戰至最後一刻，以全忠貞之志。

而無奈卻是因為認識到，個人之力終究不能扭轉天下大勢，縱然拼盡全力恐怕也不能守住潼關，守護大唐最後一道防線。今夜之後，中原必將陷入更加長久的動盪，自己昔日的一身武藝、積累的一世英名，也終將在此刻化為浮雲。

我們從中不難感受到一股英雄遲暮的悲情，而這份悲情很快在全片中蔓延開來。晚年的李白、晚年的高適、由盛轉衰的大唐，沒有一個能逃脫歷史的滄桑變遷。

子夜吳歌・秋歌

李白

長安一片月，萬戶搗衣聲。
秋風吹不盡，總是玉關情。
何日平胡虜，良人罷遠征。

解讀

「吳歌」是南朝時期開始流行於吳越之地的民歌的總稱，多以女子的口吻，表達對愛情的期盼和對心上人的思念，好用諧音雙關，整體風格含蓄穠麗、曲折婉約。《子夜歌》和《子夜四時歌》是吳歌中常用的題目，而《秋歌》就是《子夜四時歌》中的第三首。

整首詩立足於秋日的景和事——秋高而氣爽，氣爽則天清，天清月自明。明月在詩中歷來象徵着團圓、美好、光明，所以「長安一片月」，寫一輪明月懸於中天，靜靜地灑下薄薄銀輝，鋪滿秋日夜幕下的長安城。這就營造出了一派盛世皇都太平安閒、家家戶戶幸福團圓的景象。同時，長安是盛唐的濃縮與象徵，月色不限於長安，這片靜謐安寧的氛圍也就蔓延至舉國上下。

然而，在繁華太平的表像之下，還是有太多的離別苦痛，千家萬戶的搗衣聲，打破了月夜的寧靜。「搗衣」就是將衣料布帛放在石頭上捶打，使其變軟，以便趕製衣物，往往在詩中是天氣漸涼、時值歲暮的寓意，對於這些搗衣的思婦而言，一年到頭了，心上的人依然還沒有回來。由此，我們才從字裏行間感受到，原來是無數個分離的家庭，在盛世的背後默默地守護着天下的安寧。

一陣秋風吹過，思婦盼望能被它吹散心頭的愁雲，可非但愁情未消，卻又平添幾重，因為秋風來自西北，而自己的心上人正在玉門關守備，風中同樣滿是他們的思鄉之情。有感於此，李白深切地盼望「何日平胡虜，良人罷遠征」，甚麼時候天下能徹底安寧，讓征人不再背井離鄉，思婦不再痛斷肝腸。

李白當然也希望能憑藉自己的力量實現這一美好的願景，只可惜一次次的失意，讓他也只能望着「長安一片月」，聽着「萬戶搗衣聲」，感歎心中加重的無奈愁情。

影話

這首詩出現在《長安三萬里》影片的結尾，高適與書僮互唸《河嶽英靈集》中寫有「長安」的佳作，並讓對方猜這是誰的作品，首先唸出的就是此篇中的名句「長安一片月，萬戶搗衣聲」。

長安是大唐的都城，是當時全國乃至全世界的政治、經濟、文化中心，這座偉大的城市歷經風霜，幾經成敗，見證了大唐的極盛極衰，造就了無數的悲歡離合，對於唐人、唐詩而言，它已經不單單是一座城，更是濃縮為一個極具象徵意義的符號——理想信仰、繁華浪漫、家國擔當，這是它的豐富內涵。

再說說《河嶽英靈集》，這部集子是貫穿全片的一個線索，也是現在能看到的最早的盛唐詩歌選集。它的編者叫殷璠，是盛唐著名的詩選家，集中選取了 24 位詩人的 234 首作品，堪稱是一部權威的「盛唐流行詩歌金榜」，其中我們熟悉的盛唐詩歌名家，除杜甫外幾乎全部入選，作品也基本代表了盛唐詩壇的最高成就，足見編選人獨到的眼光。

《河嶽英靈集》中的詩人是伴隨盛唐，完整經歷興衰的一代詩人，他們心中對「長安」的情感尤為強烈而獨特，寫出的關於長安的詩句也就格外多了。

別韋參軍

高適

二十解書劍，西遊長安城。
舉頭望君門，屈指取公卿。
國風沖融邁三五，朝廷歡樂彌寰宇。
白璧皆言賜近臣，布衣不得干明主。
歸來洛陽無負郭，東過梁宋非吾土。
兔苑為農歲不登，雁池垂釣心長苦。
世人向我同衆人，唯君於我最相親。
且喜百年有交態，未嘗一日辭家貧。
彈棋擊筑白日晚，縱酒高歌楊柳春。
歡娛未盡分散去，使我惆悵驚心神。
丈夫不作兒女別，臨歧涕淚沾衣巾。

解讀

這首詩應當作於開元末期，高適離梁宋就試於京師時，題目中的「韋參軍」是高適的朋友，具體姓名事跡已不可考，但並不影響我們對作品的理解。高適此時的生活狀態是滿腔抱負，壯志未酬，心有不甘，氣有不平，這首詩也正好體現了他此時的風貌。

詩的前四句中，高適毫不掩飾地表明了自己的壯志：他自小讀書習劍、允文允武，二十歲便學有所成，西入長安求取功名。他抬頭望向威嚴大氣的宮殿，憧憬的目光中，彷彿已經看到了自己功成名就、位列公卿的模樣。這是盛唐一代青年人獨有的豪情，和李白的「大鵬一日同風起，扶搖直上九萬里」、杜甫的「會當凌絕頂，一覽眾山小」何其共鳴！

然而，希望越大，失望往往也越大，與豪情壯志一樣屬於盛唐這一代詩人的，還有現實對他們的無情打壓：在超越三皇五帝的繁華表像之下，在瀰漫寰宇的歡樂氛圍之中，弊病與危機卻已早早埋下，盛世的繁華成果只有少數貴戚近臣可以分享，下層的平民士子卻無緣身居廟堂。於是，高適也只得失意地回到梁宋，苦悶地等待機遇的到來。

也正是在這樣的情境下，高適結識了韋參軍，這位朋友不同於眾人的平靜和冷漠，而是對他的個性、理想由衷地認同，因而兩人也就格外親近。雖然韋參軍的出現，對於高適的生計和前途並沒有甚麼實質性的幫助，但得以結交這位知己，就足以給他的生活帶來別樣的意義。他們一同在白日裏彈琴擊筑，一起在春光中飲酒高歌，率性灑脫之間，一切的煩惱也就拋諸腦後，煙消雲散。

可是，歡聚的時光總是短暫，當必然的分離降臨，心中就又佈滿了惆悵的陰雲。不過，高適與韋參軍畢竟是放曠之士、落拓男兒，既然因緣而聚、意氣相逢，分別之際也就不做兒女情長的姿態，沒有眼淚、沒有猶疑，各道一聲前路珍重，而後闊步前行！

從這裏，我們再次讀出了「莫愁前路無知己，天下誰人不識君」、「海內存知己，天涯若比鄰」一般的豪放情懷，看來盛唐的這股豪俠意氣，從來都是一以貫之的。

影話

這首詩同樣出現在《長安三萬里》影片的片尾，高適與書僮的對話當中，書僮吟出「二十解書劍，西遊長安城」，然後高適笑着説出這是自己的作品。

此時的高適決意功成身退，重讀壯年詩篇，回味那段意氣風發的青春歲月，多少也能給人一種「歸去，也無風雨也無晴」（蘇軾《定風波》）的滄桑和淡然。

明日斗酒別，惆悵清路塵。
遙望長安日，不見長安人。
長安宮闕九天上，此地曾經為近臣。
一朝復一朝，髮白心不改。
屈平憔悴滯江潭，亭伯流離放遼海。
折翮翻飛隨轉蓬，聞弦虛墜下霜空。
聖朝久棄青雲士，他日誰憐張長公？

單父東樓秋夜送族弟沈之秦

李白

爾從咸陽來，問我何勞苦？
沐猴而冠不足言，身騎土牛滯東魯。
沈弟欲行凝弟留，孤飛一雁秦雲秋。
坐來黃葉落四五，北斗已掛西城樓。
絲桐感人弦亦絕，滿堂送客皆惜別。
捲簾見月清興來，疑是山陰夜中雪。

解讀

從題目中的「單父東樓」可知，這是李白長安失意，賜金放還之後，回到東魯家中所作。詩中提到的「族弟沈」和「凝弟」，是李白的兩位同宗兄弟李沈和李凝，均從長安附近特地趕來拜訪他，臨別之時，李白作此詩相贈。

詩歌以對話的形式展開，表達直白，情誼真摯，個性自由：好弟弟你從都城趕來專程探訪我，關心我生活中的困難與煩惱。那李白的苦惱是甚麼呢？他說自己就像一隻整冠束帶的獼猴，和朝中的氛圍格格不入，於是只好騎着青牛回到東魯閒居——原來還是在為長安城的仕宦失意而感傷。這裏李白雖然說自己「沐猴而冠」，不適合朝廷，其實還是更想強調自己的清平理想與朝中的濁穢現實，不願同流合污。

兩位弟弟的到來，給了李白一些可貴的安慰，只可惜轉眼之間，其中一個就不得不離開了，像一隻西飛秦川的孤雁，振翅翻起片片黃葉，在北斗高懸的清秋，寂寞遠走。李白設下酒宴，在絲竹管弦的渲染和滿座賓朋的熱鬧中，象徵着團圓美滿的明月將清輝灑在堂前，讓李白感覺彷彿回到了弟弟們剛剛到訪的那個夜晚。

這裏引用了一個「山陰夜雪」的典故，《世說新語》記載王子猷雪夜一時興起，尋訪家住百里之外的好友戴安道，經過一夜的水陸跋涉，剛剛到達家門便即刻回轉，並稱：「吾本乘興而來，興盡而返！」在李白看來，兩位弟弟的造訪，的確是乘興而來，可是眼前的分離，卻算不上興盡而返：「明日斗酒別，惆悵清路塵。遙望長安日，不見長安人」。明日分別之後，每當我西望長安，都只能看見西下的紅日，卻看不見心中所念之人啊！

這實在是一件悲傷的事情。因為他眼中所見的日色之下，便是心心念念的長安城，那裏凝結着太多失意的往事，他曾為天子近臣，無比接近自己的理想，卻終因天子耽於享樂，最終功敗垂成。雖然離開朝廷，他卻沒有一日放下過思慮，縱然飽經滄桑，兩鬢斑白，但他依然矢志報國，初心不改。

從長安人寫到長安日的李白，越發覺得自己像沉吟江畔的屈原，像流落嶺海的崔駰，像一隻一心奮飛卻應弦而落的鴻雁，因為他知道，隨着天子心態和時局的改變，自己實現理想的希望也就越來越渺茫了。

影話

《長安三萬里》影片中，片末高適與書僮在關於《河嶽英靈集》和「長安」的對話中吟出了這首詩中的名句，「遙望長安日，不見長安人」。這首詩是「含長安量」很高的一首作品，而這一句正道出了李白一生對長安心嚮往之，卻終究無緣的命運。

李白一生曾多次入長安：他曾干謁求進，因小人作梗落敗，留下了《行路難》；他也曾成為天子近臣，又因被視作俳優而放還，留下了《蜀道難》、《將進酒》；他還曾企圖挽救危難，卻又不被信任，不得已輾轉江淮。李白一直在「遙望長安日」，卻最終都「不見長安人」，實在是人生與歷史的雙重遺憾。但對於詩壇而言，收穫的不僅有李白一生 20 多首提及「長安」的名篇，更有無與倫比的精彩生命和永恆「詩仙」。

送陸判官往琵琶峽

李白

水國秋風夜，殊非遠別時。
長安如夢裏，何日是歸期？

解讀

題目中的陸判官是李白的朋友，但具體是誰、生平經歷，均已不可考。琵琶峽位於長江之上，臨近巫峽，因形似琵琶而得名。

「水國」即江南水鄉，是溫柔纏綿的所在，「秋風夜」多哀怨凄涼之感，況且秋高風緊之夜的水國，船行不便，增添了前路的艱難，故而尤為不宜離別。李白立足於送別之際的現實環境，融入自己的真情實感，表達出對友人即將遠去的不捨之意。「殊非」二字既寫出了對眼前離別景況的感歎，也流露出濃郁真誠的挽留意味。

詩歌的後兩句又提到了「長安」——「長安如夢裏」，這多少顯得有些突兀，因為長安既不是送別的地點，也不是去往的目的地，為甚麼會突然出現在這裏？當然只有一種解釋，這裏的長安是一個符號、一種信仰，是漂泊四海的文士心中共同的聖地，凝聚着人生理想、盛世風華的這座偉大都城，是他們理想中重逢的最佳選擇。

最後一句「何日是歸期」一語雙關，一方面是在送別之際，殷切地期盼友人陸判官早日歸來團聚；另一方面也是在心中問自己，何日能回到心心念念的長安，再續自己迷失的追夢足跡。

影話

與前幾首一樣，詩句在《長安三萬里》影片中出現於高適和書僮的對話之中，同時這也是正片中出現的最後一首詩作。

以這首詩作為結尾，也有一些特殊的意味，通過《長安三萬里》影片，我們重溫了幾十首經典的詩作，也重識了李白、高適等一眾詩人朋友。當我們夢回一千年前那個詩國，想必每個人的心中也有了自己的「長安情結」，我們為那段絕代風華而魂牽夢縈，也都真切體會到了甚麼叫「長安如夢裏」。

那麼，「何日是歸期」呢？「鳳凰台上鳳凰遊，鳳去台空江自流」（李白《登金陵鳳凰台》）、「人生有情淚沾臆，江水江花豈終極」（杜甫《哀江頭》），宇宙的星移斗轉、時空的滄桑巨變從來不會以人的意志為轉移，客觀上講，盛唐時的長安，我們當然再也回不去了。

但慶幸的是，這個偉大的時代、這座偉大的城市，成就了一羣偉大的詩人，鑄就了一系列偉大的詩篇，通過閱讀這些偉大詩篇，我們能夠跨越時空與這些詩人靈魂相通、情感共鳴，也得以真切地領略那個時代、那座城市的偉大。所以，當你翻開書卷，全身心地沉浸到唐詩的字裏行間之時，自是歸途！

謫仙風華

十一首詩穿越李白的一生

上李邕

李白

大鵬一日同風起，扶搖直上九萬里。
假令風歇時下來，猶能簸卻滄溟水。
時人見我恆殊調，聞余大言皆冷笑。
宣父猶能畏後生，丈夫未可輕年少。

解讀

李白，字太白，隴西成紀（今甘肅秦安）人，生於碎葉城（今吉爾吉斯斯坦托克馬克），幼年遷居劍南道綿州昌隆（今四川江油），中國古代最偉大的詩人之一，被譽為「詩仙」，有《李翰林集》傳世，今存詩 1100 餘首，內容豐富、題材廣泛、思想多元、風格多樣。這些詩或情感熱烈奔放、想像奇絕，或含蓄曲折、隱喻豐富，或清新平淡、自然天成，是盛唐之音的典型，代表作有《蜀道難》、《將進酒》、《行路難》、《夢遊天姥吟留別》、《古風五十九首》、《登金陵鳳凰台》、《靜夜思》、《望廬山瀑布》、《早發白帝城》等。

李陽冰在《草堂集序》中評價李白：「其言多似天仙之辭，凡所著述，言多諷興。自三代已來，風騷之後，馳驅屈、宋，鞭撻揚、馬，千載獨步，唯公一人。」杜甫也對李白極為推崇，在詩中稱讚其「筆落驚風雨，詩成泣鬼神」（《寄李十二白二十韻》）、「清新庾開府，俊逸鮑參軍」（《春日憶李白》），足見李白過人的才情和偉大的創作成就。

李白的一生兼有「儒志」、「仙思」、「俠行」：在政治上，他奉行儒家理想，渴望「奮其智能，願為輔弼，使寰區大定，海縣清一」（《代壽山答孟少府移文書》）；在人格上，他嚮往道教逍遙，追求「參玄根以比壽，飲元氣以充腸；戲暘谷而徘徊，馮炎洲而抑揚」（《大鵬賦》）；在立身處世的方法上，他則推崇縱橫家的俠義精神，「遍干諸侯」、「歷抵卿相」、「雖長不滿七尺，而心雄萬夫」（《與韓荊州書》）。

這種多元化的人生追求，造就了李白後半生的人生道路，使得他蹉跎一生，即便在千載難逢的大唐盛世，即便懷有古今四海數一數二的才華，也終究沒能實現上述三個理想中的任何一個。但同時，也正因如此，他的人生道路走得異彩紛呈，最終以獨一無二的精彩生命體驗，造就了詩國中一偉大奇觀。

這首《上李邕》是李白早期的干謁詩作，作於 20 歲前後，詩中洋溢着一股噴薄而出、難以遏制的青春意氣，可以看作李白詩意人生的起點。

詩歌開篇即自比鯤鵬，彰顯了飛揚的志氣和博大的胸懷。「鯤鵬」的典故出自《莊子·逍遙遊》：「北冥有魚，其名為鯤。鯤之大，不知其幾千里也。化而為鳥，其名為鵬。鵬之背，不知其幾千里也。怒而飛，其翼若垂天之雲。」鯤是傳說中的大魚，鵬是由鯤變化的巨鳥，前者可以在水中「簸卻滄溟」，掀起滔天巨浪，後者可以在長空振翅翱翔、搏擊萬里。

由這首詩開始，「大鵬」便成了李白一生的圖騰——他無數次在詩文當中以大鵬自比，大鵬的高遠之志、奮飛之能、逍遙之態，正是李白人格精神的具象外化。

而對此時的李白，這隻初出茅廬、振翅欲飛的「大鵬」而言，李邕為代表的前輩顯貴無疑是他想要倚仗的「一陣好風」，只要肯給他借力，自可以直上九霄、大展宏圖，所謂「大鵬一日同風起，扶搖直上九萬里」，就是這個意思。而即便李邕這樣的前輩不肯借力，憑藉李白自己的才華、膽略和英雄氣概，依然足以在大唐的廟堂之外、江湖之上掀起獨屬自己的一陣狂瀾，所謂「假令風歇時下來，猶能簸卻滄溟水」是也。

只可惜，對於李白的天馬行空的境界和特立獨行的作為，大多數人非但不能理解，甚至還時常加以調笑。其實，李白對此也並非沒有認識，所以才會在「時人見我恆殊調」，「聞余大言皆冷笑」中，加了「恆」「皆」二字，說明大多數人、大多數時候都是難以接納他的。那既然知道自己很難得到世人的接納，李白為甚麼還要去干謁李邕呢？因為在他看來，他所干謁的對象李邕，大概不是一般人吧。

李邕何許人也？他本人是盛唐著名的文學家、書法家，其書法樸實厚重、奇偉倜儻，尤以行草見長，頗有王羲之的風範，而文學方面則以典正雅致的碑文知名，深得唐玄宗的稱賞。同時，李邕也是歷史上偉大的「《文選》學家」李善的兒子。《文選》是中國古代現存最早、影響最深遠的一部詩文總集，素有「《文選》爛，秀才半」的說法，就是說只要熟讀《文選》就相當於功名考中了一半。而李白對《文選》也是極為推崇的，一生曾三度擬作，尚且還覺得不夠滿意。所以此番干謁李邕，除了渴求提攜之外，多少也有交流求教的用意。

然而這次李白終究還是失望了，他想到儒家真正的聖賢孔子尚且會感覺「後生可畏」，卻不料這些遠不及之的後學子弟，竟一味輕視自己的「年少」。這一次失意的干謁，在李白生命中算不上多大的挫折，但似乎已經多少能夠昭示他坎坷的命運，以及理想與現實間存在着的巨大落差。

影話

《長安三萬里》影片中，這首詩出現在李白江夏干謁，行卷失意之後，他先是憤懣地揮劍亂砍，又在高適的呼喚下突然鎮定下來，變得若無其事，邊走邊吟誦出詩中的名句：「大鵬一日隨風起，扶搖直上九萬里。假令風歇時下來，猶能簸卻滄溟水。」干謁失敗，於李白而言當然屬於「風歇時下」，所以他邀高適去黃鶴樓喝上幾杯，一盡「簸卻滄溟」之意。

的確如影片呈現的一樣，李白的干謁每每都是以失敗告終，倒不全因為他是商人之子而被人輕視，因為相比於社會地位和仕途阻礙，「商人之子」的身份帶給李白更大的影響其實在於人格和志趣的養成。李白不像大多數中原的世家子弟一樣，從小奉行孔孟經典，遵循儒學道統，而是帶有強烈的實用傾向和多元特質。

他「五歲誦六甲，十歲觀百家」、「十五觀奇書，作賦凌相如」，這是儒家的方法，學來為了做官；他「十五學神仙，仙遊未曾歇」，這是道家的方法，學來為了修仙；他「十五學劍術，遍干諸侯」，這是縱橫家的方法，學來為了行俠。儒、仙、俠「三位一體」的人格和理想，讓李白與正統的中原文士比起來，顯得有些格格不入，因此也很難得到他們的理解與接納。

但正如前面所說，商人之子的身份和經歷，讓李白一次次遭遇挫折，站在當時的視角來看，無疑是他人生的大不幸，但若是站在歷史的高度上，我們又不禁要感到慶幸，正這樣獨特的人格與理想，這樣曲折而精彩的人生，才為我們塑造了獨一無二的偉大「詩仙」。可謂「失之東隅，收之桑榆」，這是歷史的另一種圓滿。

郢中白雪且莫吟，
子夜吳歌動君心。
動君心，冀君賞。
願作天池雙鴛鴦，
一朝飛去青雲上。

白紵辭三首（其二）

李白

館娃日落歌吹深，
月寒江清夜沉沉。
美人一笑千黃金，
垂羅舞縠揚哀音。

解讀

《白紵辭三首》是李白開元十五年（727年）前後，在吳越青春漫遊時創作的一組作品，洋溢着浪漫風采和青春氣息。

吳越是六朝故地、文章錦繡之鄉，開元十五年是千載盛世、如日中天之時，李白更是大鵬初振翅、意氣自飛揚的年紀。大家不難想像，這樣的李白，在開元十五年這樣的歲月，與吳越這一方山水碰撞在一起，會孕育出怎樣的絕代風華！這首《白紵辭》就是這樣的絕代風華孕育出的文學結晶。

「館娃日落歌吹深，月寒江清夜沉沉」是對吳越佳麗山水和浪漫風情的整體暈染，無論是日落時分的歌舞笙簫，還是月上中天後的江清夜寒，都是吳越別樣的美妙風景，總能引人入勝。

這當中「美人一笑千黃金，垂羅舞縠揚哀音」則最能給人留下深刻的印象，縱然千兩黃金能博得美人一笑，但舞動的羅衣之下、婉轉的歌聲之中蘊含的深情，卻只有知音能懂。

想必青春的李白正是這樣一位「知音」——「郢中白雪且莫吟，子夜吳歌動君心」，他聽出了「郢客白雪」的曲高和寡，動情於「子夜吳歌」的纏綿哀怨，世間知音難覓，只要有人為這曲中之意所感動、所激賞，便不負這美景良辰，不負這款款深情。

由此，詩人聯想到了自身——「動君心，冀君賞；願作天池雙鴛鴦，一朝飛去青雲上」：我何嘗不是這樣一位深情的歌者，盼望着有人能賞識我曲中的清音，讓我能夠與他協力，直上青雲！

想必大家也能讀出，這是一種理想的表露，在青春漫遊的浪漫中，李白時刻沒有忘記自己的壯志與信仰。

影話

《長安三萬里》影片中，高適初到揚州，赴李白的一年之約，李白卻直接拉着他一起去宴會上搶奪舞女。在經歷了一番激烈的水上追逐戰後，舞女終究沒有搶來。舞女為了報答李白的仗義多情，為他隔船跳起柘枝舞。李白也隨即擊鼓為其伴奏，並朗誦了這首《白紵辭》中「美人一笑千黃金」、「願作天池雙鴛鴦」等名句。大家注意，這裏影片中為了迎合整體相對歡樂的氛圍，將原作中的「揚哀音」改作「揚胡音」，這又與柘枝舞這一源於西域的舞蹈風格相匹配。

這幾句最能體現江南水鄉的浪漫風情，優美的詩句、翩躚的舞蹈、激昂的鼓聲、爽朗的歡笑，輔之以桃花流水、燈火列岸，的確容易讓人無限沉醉於這如夢似幻的溫柔鄉裏。

然而對於追尋理想剛剛失意，此刻心中仍憤憤不平的高適而言，恐怕是無閒欣賞江南美景，也無心留戀這份浪漫風情的，他原本滿心期待同李白一道重燃鬥志，繼續奮發拼搏，卻看到李白終日沉迷聲色，放浪形骸，一股失望與不滿的情緒，也就漸漸湧上了心頭。

寄遠十二首（其四）

李白

玉箸落春鏡，坐愁湖陽水。
聞與陰麗華，風煙接鄰里。
青春已復過，白日忽相催。
但恐荷花晚，令人意已摧。
相思不惜夢，日夜向陽台。

解讀

《寄遠十二首》同樣是李白在吳越青春漫遊時所作，看題目就知道，「寄遠」就是寄信給遠方的親人，所以整體是一組表達對家鄉和親人思念的作品，這裏選取的是組詩中的第四首。

古人容易傷春，因為每到春日，年華就老了一歲，所以對着鏡子，看見自己日漸衰老的容顏，眼淚就會忍不住落下，滴滴匯入家門前的湖陽之水。湖陽是何所在？那是光武帝皇后陰麗華的故鄉。自古有諺語：「仕宦當作執金吾，娶妻當得陰麗華。」陰麗華與漢光武帝的愛情堪稱典範，他們結識於布衣市井，相伴於戰火紛飛，最終登上至尊之位，白頭偕老，可謂是事業、愛情雙豐收。任何人與他們相比，都只有羨慕和感歎的份兒，更何況面對着一去不返的青春，尚且一事無成、姻緣未就的人呢？

除了傷春，古人還會悲秋，因為秋天臨近歲暮，除了時光的催促，還多了生命的凋零。隨着秋風吹敗盛開的荷花，彷彿自己美好生命的流逝，也禁不起幾次秋風秋雨的洗禮。想到這裏，心中對所思之人、所念之事的思念就又加重幾重，然而思緒不能在現實中得到彌補，也就只好把這相思情，融入睡夢中，日夜兼程，奔向那遙遠的陽台去了。此處「陽台」指宋玉《高唐賦》中的地名，意指夫妻歡聚之地。

詩歌由春水明鏡寫起，感慨年華老去，青春匆匆；又因所處之地，念及古人的巔峯事業和美滿愛情，而自傷起人生的坎坷蹉跎和形單影隻。總的來說，表達了現實的失意與對美好人生的憧憬。

影話

《長安三萬里》影片中，這首詩同樣出現在李白等人搶奪舞女的情節中。一支柘枝舞罷，一首《白紵辭》終，兩舟分開，漸行漸遠，李白感慨地唸出了這首《寄遠》中「青春已復過，白日忽相催。但恐荷花晚，令人意已摧」的詩句，流露出些許失落與孤獨，「相思不惜夢，日夜向陽台」的結尾，則又多了幾分希冀與憧憬。

此時浪跡揚州的李白，正可謂是「青春已復過，白日忽相催。但恐荷花晚，令人意已摧」。背井離鄉，孤身一人，追逐理想，屢屢受挫。江南的青山秀水、舞榭歌台、青春詩酒當然能給他足夠的快樂與逍遙，卻也禁受不住歲月的持續催逼。一片枯荷、一葉落木，隨時提醒着他青春已一去不返。

然而即便如此，李白依然堅信浪漫，堅持灑脱，堅定理想，嚮往和憧憬着夢境的成真、奇跡的發生。正如高適評價的那樣，他是第一號的天生奇才，也是第一號的天真幼稚！

靜夜思

李白

牀前明月光，疑是地上霜。

舉頭望明月，低頭思故鄉。

解讀

這篇作品想必是整部詩集中大家最熟悉的一首了，應該是從小都會背，並且能銘記一生的，因為它朗朗上口、明白如話，用最簡單的語言道出了人類最樸素也最普遍的情感，那就是對家鄉和親人的深切眷戀。但對於這首詩背後的故事，恐怕大家未必熟悉。

《靜夜思》作於李白剛剛結束青春漫遊後不久，卧病謫居淮南的時候。正如上一篇詩作中所說，李白的青春漫遊，既有浪漫情調，也有坎坷迷思，而當漫遊的行程結束，不再源源不斷產生浪漫情調的時候，因為人生坎坷、歲月蹉跎而帶來的青春迷思，就更加濃烈了。也正因這種青春迷思的濃烈，他對於家鄉和親人的思念也就愈發迫切了，因為人往往在最孤單、最失落、最愁苦的時候，會更加需要和依賴來自鄉情、親情的慰藉。

一個孤單的月夜，在淮南丘陵中的一個小屋之內，李白四顧無人，回想起漫遊途中的那些浪漫美好的記憶，回想起兩三年前離家之際的躊躇滿志，回想起自己過去二十年的壯志和求索，再看看此時的處境，方知甚麼叫歲月蹉跎，甚麼叫理想與現實的落差，昏暗的夜色一如他暗淡的前程。這時，明月的清輝灑落牀前，李白迷離的眼神竟一度將它誤作了寒夜的秋霜，月光與秋霜，的確都是清澈、光明的，只不過後者多了一絲寒意，像極了李白的心境。

為了不辜負這可貴的光明，李白抬頭仰望，去找尋它的源頭，正看見天空當中高懸的一輪明月，是那樣光明，那樣圓滿。月色依稀中，他彷彿看見了家鄉的燈火，看見了親人的笑顏。明月自古寓意着團圓、美好，而對此時的李白而言，這一切都像這輪明月般，可望而不可即，於是他低下頭來，暗自思量，想念家鄉的父母兄弟，想念大匡山那一番讀書的好天地，想念那與書劍相伴的少年歲月。

看得出來，李白這個時候需要一個溫暖的家了。不久之後，李白經人介紹，結識了前宰相許圉師家的孫女，並入贅安陸許氏為婿，開啟了第一段婚姻生活。

影話

《長安三萬里》影片正是將這首詩的背景安排在李白即將入贅安陸許氏之際，影片中李白青春失意和渴求歸宿的處境，與這首詩的創作環境和表達的思想正相符。

同時，影片中更多了對李白家境變化的演繹：李白的父親在西蜀去世，兄長分割家產時認為他揮霍過多，並沒有分給他。想到沒能與天地間最疼愛自己的父親見上最後一面，想到親兄弟竟對自己如此絕情，想到天地之大竟再無一個真心愛自己之人，李白感受到了無盡的孤獨。「舉頭望明月，低頭思故鄉」，思的不僅僅是故鄉，更是那溫情陪伴、共享天倫、無憂無慮的童年。

當然，與生命中第一個家庭離別的同時，李白即將迎來第二個家庭。他此行來找高適的一個目的，就是詢問他關於是否入贅安陸許氏的意見。許氏是高宗朝宰相許圉師之後，湖北安陸當地的豪門大族，與之聯姻可能對他的人生和仕途有所幫助，但同時也必將因為成了贅婿，飽受世人的白眼。

不過，與影片中呈現略有不同的是，李白的第一段婚姻生活其實很幸福。與許氏夫人成婚後，李白夫婦搬到了安陸城北壽山之上，過起了避世隱居、世外桃源般的生活，這期間他與夫人不但孕育了一兒一女，還留下了《山中問答》、《山中與幽人對酌》等極具浪漫風采的名篇，同時也不斷為重拾理想、投身盛世作準備。可以說，這段婚姻愛情消除了李白的青春迷思，彌補了他因漫遊失意而產生的彷徨苦痛，對他的人生有着十分重大的意義。

只可惜，伉儷情深十餘年之後，許氏夫人因病離世，李白只得帶着一雙兒女離開了這片埋葬他青春與愛情的傷心之地。

黃鶴樓送孟浩然之廣陵

李白

故人西辭黃鶴樓，煙花三月下揚州。
孤帆遠影碧空盡，唯見長江天際流。

解讀

李白在定居安陸的十年間，結識了相距不遠、隱居在襄陽鹿門山的孟浩然，兩人時常有往來唱和。

孟浩然是盛唐數一數二的山水田園詩人，李白對他的聲名也是早有耳聞。李白與孟浩然二人在性格上有着極高的相似性，都逍遙世外、鍾情山水，也都率性自然、灑脫不羈，因此他們的相交可以說是一拍即合。

李白也毫不吝惜在詩中表達自己對於孟浩然的喜愛和推崇：「吾愛孟夫子，風流天下聞。紅顏棄軒冕，白首卧松雲。」(《贈孟浩然》) 敬重他不慕功名、摒棄世事喧囂的泰然境界。而這首《黃鶴樓送孟浩然之廣陵》雖是離別之作，卻也是二位詩人偉大友誼的絕佳註腳。

開元二十年 (732 年) 前後，孟浩然計劃前往揚州漫遊，李白聞知，便從安陸趕往他東下的必經之路——江夏為他送行。江夏也就是如今的武漢，是漢水匯入長江之處，江邊有一座著名的酒樓名為黃鶴樓。大詩人崔顥曾在這裏寫下了著名的《黃鶴樓》一詩，剛剛出峽的李白路過這裏，雖然滿懷詩情，但面對這樣一篇佳作也不得不為之擱筆。

而今，他為了送別孟浩然，再度來到黃鶴樓，當兩人飲罷餞行酒，孟浩然登舟離去，眼看着極為崇敬的友人漸漸消失在江水的盡頭，也不知何時才能重聚，滿腔的離愁別緒湧上李白的心間，也就根本顧不得甚麼「崔顥題詩在上頭」了，於是也就有了關於黃鶴樓的另一首傳世名作。

「故人」就是老朋友孟浩然，他向西辭別黃鶴樓，乘船往東而去，在這煙花如織的爛漫三月裏，將要遠赴浪漫的揚州。李白朝着他離去的方向深情眺望，一片孤帆漸行漸遠，慢慢地消失在了碧空的盡頭，只剩下滾滾長江仍在朝着遠方日夜不停地奔流。

詩中流露出的，除了表面的分別，還有更為深沉的人生感悟。活在世上的每個人，何嘗不像是浩瀚水天之間的一葉孤帆，時而風平浪靜，時而波濤洶湧，有着太多的來來往往、東奔西忙。而無論個體如何，長江總在那裏自西向東無盡地奔流，片刻不停，就像歷史的進程與規律，不會以人的意志為轉移，一切的分別、失落、迷茫，都是不可逃脫的命中注定。想到這裏，一種悵然若失之感縈繞在李白的心頭。

值得一提的是，對於李白和孟浩然而言，這次分離也是他們的訣別。兩年之後，李白再度經由襄陽北上，孟浩然沒能為其送別，而八年之後，孟浩然病逝於襄陽，身在東魯的李白也沒能陪伴他最後一程。兩位偉大的浪漫詩人，將最美的友誼都留給了最好的年華，留給了最浪漫的盛唐時代，這也許也是命運的安排。

影話

在《長安三萬里》影片中，詢問孟浩然入贅意見得到「當」的回覆之後，李白終於下定了決心，釋去心頭疑惑、找到人生方向的他邀高適再登黃鶴樓。酒酣之際，李白又想起多年前為崔顥《黃鶴樓》擱筆的舊事，不禁詩興大發，再度發起挑戰，終於寫下了這首《黃鶴樓送孟浩然之廣陵》。

然而，當他興高采烈地返回酒桌，想要和高適分享此刻的釋懷與喜悅，卻發現這位知己已悄然離開，只留下「當」字背後那一個大大的「否」。

孟浩然和高適都是李白的好朋友，從另一個角度來看，也可以說他們很好地體現了李白性格中的兩個側面——李白兼濟天下、海縣清一的壯志，與高適不謀而合，他逍遙獨立、飄飄羽化的仙思，則與孟浩然渾然一致。對於「是否入贅安陸許氏」這樣一個既為了人生理想，又關乎人格獨立的大問題，他當然要向這兩個摯友詢問，從而聽到雖是不同立場，但都出自各自內心深處的聲音。

而當代表着李白自在逍遙一面的孟浩然給出一個「當」的答案時，李白真的一度釋懷了，因為對於渴望藉助許氏門第而達成政治抱負的他來說，屈心逆志才是他最大的心結。然而，萬萬沒想到，反倒是在黃鶴樓中，象徵着李白壯志理想人格的高適，卻終究還是讓「否」縈繞在他心頭。

後來的劇情發展也的確印證了，在這件關乎人生出處行藏的大事上，李白最終還是沒有徹底想明白，他的岳父和妻子相繼去世，家產歸屬許家的遠房姪子，原本想通過聯姻獲得的一切，終都成空。

行路難三首（其一）

李白

金樽清酒斗十千，玉盤珍羞直萬錢。
停杯投箸不能食，拔劍四顧心茫然。
欲渡黃河冰塞川，將登太行雪滿山。
閒來垂釣碧溪上，忽復乘舟夢日邊。
行路難，行路難，多歧路，今安在？
長風破浪會有時，直掛雲帆濟滄海！

解讀

這首詩是開元二十五年（737年）前後，李白初入長安求仕，失敗後所作。

對於盛唐士子而言，想要在仕途上一展抱負，一般有五條道路可走。一是門蔭，父親是五品以上官員，兒子可以直接入仕做官；二是科舉，就是大家熟悉的，通過考試求取功名。這兩條路，對於身為商人之子的李白而言是走不通的。剩下的三條，分別是從軍出塞、隱居邀名和干謁親貴。這一次，李白選擇了後者，因為與他「平交王侯」的追求最符合。

事實上，李白此前已經干謁了不少達官顯宦，比如前面提到的李邕，還有蘇頲、韓朝宗、司馬承禎等人，但始終沒有獲得實際成效。而這一次，他把干謁的目光，聚焦在了唐玄宗的親妹妹玉真公主身上。

在有着女主政治傳統的盛唐，玉真公主對朝廷選拔和人才任用方面的影響是舉足輕重的，比如大詩人王維就曾經走了她的門路。同時，玉真公主又有兩大愛好，一是聽歌讀詩，二是求仙訪道，這不正中李白的下懷嗎！

然而，由於一些小人的猜忌和讒言，玉真公主雖然對李白很賞識，卻依然還是沒有給予他實際的提攜，他的初次長安之行，最終以失敗落幕。所謂「不平則鳴」，李白懷着滿腔憤懣離開長安，臨行之際將所有的情緒與感慨化作了詩篇傾訴出來，成了著名的《行路難三首》。

我們最熟悉的是其中的第一首，着重表現的是敗走長安後的處境以及對前路的展望：金樽之中盛滿了一斗十千的美酒，玉盤之上也盛放着價值萬錢的珍饈美饌，面對着如此盛宴，李白卻停杯投箸，無心享用，俠義至上的他恨不得拔出寶劍斬殺一切奸邪，卻只能四顧茫然，不知何處下手。

他明白，天下的小人是斬不盡、殺不絕的，就像阻塞黃河的堅冰和覆蓋太行的暴雪一樣，將布衣士子進取的道路根本隔斷，惡劣的不是某一個人，而是整個環境。面對這般險境，李白能選擇的不過是像姜太公一樣去碧溪上垂釣，等待時機到來，或是像伊尹一樣做着日邊乘舟的美夢，渴求它早些實現，機遇尚未成熟，又能做些甚麼呢？

對於自命不凡的李白而言，長安之行的打擊是巨大的，以至於他接受了一個事實——於他而言，追求政治理想的時機未到，這是此前任何一次失意之後他都沒有產生過的念頭。於是，李白感慨：人生之路不易啊，如此多的歧途迷蹤，如今將我引向了何處呢？既然時機尚未成熟，那便等待長風到來之日，再乘風破浪，高掛雲帆，橫渡滄海吧！

所以，從最後兩句詩中，我們能讀出的是希望與豪邁，而當了解了這首詩的創作背景和李白的心態變化，則更多地感受到一份失落與無奈。

影話

在《長安三萬里》影片中，這首詩出現在李白、高適於驛站共救郭子儀之後，分別之時，李白誦出了詩中的最後六句：「行路難，行路難，多歧路，今安在？長風破浪會有時，直掛雲帆濟滄海！」

高適為救郭子儀，許諾出塞從軍，有朝一日加入哥舒翰的幕府，此時要回宋州繼續修習；李白則為揭露安祿山的狼子野心，打算隻身入都，渴望喚起統治者的醒悟。二人此地分別，再度踏上了人生的「歧路」。然而他們的目標卻是一致的，那就是依然在以個人不懈的努力，為時代和家國奉獻青春與熱血，可以說是殊途而同歸。

就像「長風破浪會有時，直掛雲帆濟滄海」這兩句詩所表達的，此時的分離，是為了他日乘風，在頂端相聚，這既是李白與高適彼此的互相勉勵，也足以穿越千載，給我們以堅定的力量和信念。

南陵別兒童入京

李白

白酒新熟山中歸，黃雞啄黍秋正肥。
呼童烹雞酌白酒，兒女嬉笑牽人衣。
高歌取醉欲自慰，起舞落日爭光輝。
遊說萬乘苦不早，著鞭跨馬涉遠道。
會稽愚婦輕買臣，余亦辭家西入秦。
仰天大笑出門去，我輩豈是蓬蒿人！

解讀

初入長安失意之後，李白先是在中原漫遊了一段歲月，以消解內心的失落與苦悶，而後回到安陸。不巧結髮妻子病故，於是不久之後，他帶着兒女離開了這片傷心地，移居到了位於山東瑕丘的南陵村。

山東自古是孔孟故地，儒學色彩濃厚，這讓百家思想縱橫的李白顯得有些格格不入，因而時常受到當地儒生的排擠和奚落。他也因而更加醉心道術，一度與幾位朋友隱居在徂徠山下，結為「竹溪六逸」，有意追摩前代的「竹林七賢」。

可是突然有一天，李白收到了來自長安的傳信，邀他入京做官，這實在是讓他喜出望外。回想起這些年被當地羣儒排擠、嘲諷的往事，此番榮耀更讓他揚眉吐氣，這首《南陵別兒童入京》也正是在這樣的情境下創作出來的。

詩歌寫到，在白酒新熟、米黃雞肥的秋日豐收時節，李白從徂徠山隱居之所回到了東魯家中，叫來兒女們燉雞燒酒，慶祝自己即將入京做官這樣一件大喜事，兒女們也開心地牽着他的衣服嬉笑。他飲酒高歌，以寬慰自己多年的求索，又在落日下起舞，下定決心此番要與日月爭個光輝。

對於已經四十二歲的李白來說，此時入宮遊說萬乘之君，已是不早的年歲，於是更要快馬加鞭才能抓住機會。臨行之際，回想起當年的會稽愚婦瞧不起落魄的朱買臣，自己也是在世人的調笑中即將西入秦關。他仰天大笑，意在向四鄰宣示自己的得意，而後仗劍出門而去，決然離家進京，心中的信念也更加堅定：我李白豈是長居草野之人！這首詩的豪邁之情，跨越千載，至今仍能振奮人心。

但事實沒有李白想像的那麼美好，唐玄宗之所以會召李白入朝，主要是因為一年之前，在河南函谷關附近發現了一個名為「太上老君靈符」的珍寶，玄宗感於這是上天所賜，所以就將年號改為了天寶，並大加延攬天下道士，用以裝點門面。李白由於頗通道家學說，故而得到了邀請。

李白來到長安之後，便有了大家所熟知的「力士脫靴」、「貴妃研墨」、「御手調羹」的故事，看似風光無限，實則只是被唐玄宗和皇親貴胄視作取樂的對象，與他自己所盼望的「帝王師」身份有着天壤之別。

影話

《長安三萬里》影片中，高適應李白之邀，再度來到長安。徘徊於李白家門口時，聽到往來人羣都在傳誦李白的名篇佳句，這首詩中的「仰天大笑出門去，我輩豈是蓬蒿人」正是其中之一。

李白和高適這對老朋友，在追求人生理想的道路上，屢戰屢敗，豪門干謁受阻、王府獻藝出糗、出塞征戰無功、入贅婚姻無果，可以說是在「蓬蒿」之間輾轉掙扎了幾十年。終於，此時的李白得到了天子徵召，詩名隨之傳遍天下，的確是足以讓他「仰天大笑」，也足以讓高適這位好朋友倍感欣慰、充滿希望了。

夢遊天姥吟留別

李白

海客談瀛洲，煙濤微茫信難求。
越人語天姥，雲霞明滅或可睹。
天姥連天向天橫，勢拔五嶽掩赤城。
天台四萬八千丈，對此欲倒東南傾。
我欲因之夢吳越，一夜飛度鏡湖月。
湖月照我影，送我至剡溪。
謝公宿處今尚在，淥水盪漾清猿啼。
腳著謝公屐，身登青雲梯。
半壁見海日，空中聞天雞。
千巖萬轉路不定，迷花倚石忽已暝。
熊咆龍吟殷巖泉，慄深林兮驚層巔。
雲青青兮欲雨，水澹澹兮生煙。
列缺霹靂，丘巒崩摧。
洞天石扉，訇然中開。
青冥浩蕩不見底，日月照耀金銀台。
霓為衣兮風為馬，雲之君兮紛紛而來下。
虎鼓瑟兮鸞回車，仙之人兮列如麻。
忽魂悸以魄動，怳驚起而長嗟。
惟覺時之枕席，失向來之煙霞。
世間行樂亦如此，古來萬事東流水。
別君去兮何時還？
且放白鹿青崖間，須行即騎訪名山。
安能摧眉折腰事權貴，使我不得開心顏！

解讀

李白懷着「仰天大笑出門去，我輩豈是蓬蒿人」的豪邁之情，志得意滿地二入長安，他被任命為翰林待詔，成為天子近臣，原以為距離自己「寰區大定，海縣清一」的理想只在咫尺之遙，沒想到卻只是被唐玄宗當作俳優看待。皇帝整天在與貴妃飲酒作樂的同時，召他寫些娛情助興、歌功頌德的詩篇，雖然對他也很優待，但這一切終究不是李白的心中所想。

況且，對於二度入長安失意的李白而言，此次的絕望之情比之初入長安更強烈了，因為當時失敗是因為小人排擠，那只要小人不在，一切就會好起來，所以他堅信「長風破浪會有時，直掛雲帆濟滄海」。然而這一次，他發現唐玄宗已經從當年那個勵精圖治的有道明君，蛻化成了耽於享樂的太平天子，最高統治者已經無意奮發圖強，對於李白而言，再多的掙扎也就只能是徒勞了。

於是，他又一次失望地離開了長安，而且是更加痛徹心扉的失意，痛到他不得不找尋一個新的精神慰藉。而就在李白回到家中，內心空空盪盪，不知人生何去何從之際，一場夢境，給了他最好的答案，這場夢就被他記錄在這首《夢遊天姥吟留別》中。

夢的緣起，源於人們對海上仙山的談論：蓬萊、瀛洲、方丈是道教文化中的仙山，位於東海之上，自古以來無數求仙訪道之人都想要尋覓它們的蹤跡，卻都不見蹤跡。而吳越之地有座天姥山，其上雲霞明滅，似有仙光瑞氣，不失為一個退而求其次的選擇。天姥山山勢高大，彷彿與天相連，橫亘天地之間，其山勢遠超中原五嶽，也蓋過了當地有名的赤城山，就連號稱四萬八千丈的吳越第一名山天台山和它相比，也要向東南叩拜，臣服在它的腳下。

將成仙得道視作人生中一大追求的李白，聽聞天姥山的故事之後，便將全部的心思都投在了上面，日有所思，自然也就夜有所夢了：他望着天上澄明如鏡的月亮，只覺它彷彿是鏡湖水中的倒影，漸漸迷離了雙眼；等到回過神來環顧四周，才發現自己竟已飛越關山，來到了吳越之地，眼中所見的已確是鏡湖水中月亮的倒影；不一會兒，隨着心思的轉換，他又隨着月影，從鏡湖畔來到了羣山環抱中的剡溪，而巍峨高大的天姥山已躍然於眼前。夢境之中，場景轉換了三次，唯一相同的線索便是「月光—目光」之間的連線。

李白在夢境繼續前進，他看見了剡溪之畔謝靈運的故居。謝靈運是中國山水詩的確立者和第一位集大成者，也是李白最為推崇的偶像之一。他出身高門大族，一生寄情山水、遊心太玄，活得逍遙自在。李白懷着理想，來到偶像的住處，看到青山綠水依舊，還有清亮的猿啼之聲，尋幽覽勝的心思一下子就被激發起來。為了向偶像致敬，李白特意穿上了謝靈運發明的「謝公屐」——這是一種可拆卸的登山鞋，通過調整前後擋板的高度，調節上下山路程的坡度，從而達到如履平地的效果。

李白從山腳沿着高聳入雲的天梯開始攀登，不知過了多久，只聽到天外的一聲雞鳴劃破長空，緊接着便看見朝霞染紅天際，一輪紅日從海天盡頭破地而出，冉冉升起。「半壁見海日，空中聞天雞」一句，不但勝在氣象的雄渾壯大，詞句的凝練精道，感官的聯動交織，更以一種孕育着無限可能的蓬勃生氣唱響了時代的強音，是李白以盛唐氣韻熔鑄進魏晉風流的驚天妙手！

讓我們跟着李白的足跡繼續攀登。天姥山的高峻超乎想像，在千巖萬壑之中兜兜轉轉，還沒有找尋到確切的登頂之路，便已被山野間盛開的花叢迷亂了雙眼，李白只好依靠在巨石上暫時喘息；卻又聽見熊的咆哮和龍的啼吟之聲迴蕩在山間泉石上，使得層林都為之戰慄，甚至整座山峯也為之震顫。這樣的景況不禁讓李白有些害怕，就連我們也跟着擔憂起來。不一會兒，雲色轉暗，似要下雨，山間的水波也開始動盪，升起層層煙霧。看來將有大事發生！

忽然，一道閃電破空而出，四野隨之震雷炸響，山嶽峯巒崩塌傾倒，一道石門突然於空中顯現，又訇的一聲兩扇大開。石門背後彷彿正是那個無數人求之不得的神仙世界。李白站在門口眺望，只覺得空間向無盡的天宇展開，無邊無垠，深不見底，只有神仙居住的金銀台閃耀奪目。它的光芒就像日月一樣噴薄而出，照亮了門外期盼和嚮往的目光。轉眼間，霓虹變成飄揚的衣衫，疾風化為飛馳的駿馬，雲端的仙人紛紛披衣馭馬從九天之上飛落而下。那一旁，白虎鏗鏘鼓瑟，青鸞駕着仙車，帶着更多的仙家前來相會，不一會兒就已經集結得密密麻麻。李白心中一陣欣喜，這是周天神仙前來引他飛升的，看來雲霞明滅的天姥山確非尋常之地，自己追求了數十年的神仙夢想，實現終於就在眼前了。

而正當他欣然接受邀約，將要與如麻的仙人同乘雲車飛升的時候，「忽魂悸以魄動，恍驚起而長嗟。惟覺時之枕席，失向來之煙霞」。我們大概都有過這樣的經歷，當美夢做到最關鍵的時候，往往會突然醒來，意猶未盡。這是有着生理學依據的，李白也寫得真實：只覺得自己魂魄悸動了一下，便突然從夢中驚醒，心嚮往之的雲霞、煙霧、金光、神仙通通不見，只剩下了枕頭、牀榻和空盪盪的房間。李白這也才意識到，原來一切不過是一場夢。

莊子曾探討過現實與夢境的分別，而在李白看來，無論現實與夢境，其實都一樣，終究會隨着歷史的長河滾滾流去，甚麼也不會剩下。真正能改變這一切的或許只有得道成仙，如若不然，短暫人生的正確打開方式，便是隨心所欲，及時行樂，不要被虛幻的浮名牽絆，更不要為了所謂的理想而屈心逆志。總之不論甚麼理由，夢境已經給了李白啟示，這趟天姥山是非去不可的。

於是，他和山東的家人、父老、朋友作別，踏上了南下的旅途。倘若得道飛升，此番便是最後的別離；倘若尋仙不得，騎白鹿踏遍青山，縱橫四海，便也是李白嚮往的足跡。只要不為了功名利祿在權貴面前摧眉折腰，處處都可以是李白開懷大笑的天地。

一場夢，消散了李白積壓心頭的無限愁雲，為他指明了接下來的人生道路該往何處去，同時也成就了這一首無比精彩、無比豪邁，極具個性、極度浪漫的千古名篇。

影話

在《長安三萬里》影片中，高適從長安返回梁園一年後，杜甫陪着李白突然造訪。談及李白在長安宮中的遭遇，三人失落之情均溢於言表，於是李白也唸出了這首詩中的名句：「安能摧眉折腰事權貴，使我不得開心顏！」

從「仰天大笑出門去」到「使我不得開心顏」，兩句詩境間的巨大反差，將李白的處境和心境變化反映得淋漓盡致。

同時，李白邀請高適、杜甫一同見證他接受道籙，正式成為一名道教修行人，這也與這首詩表現出的求仙訪道的主旨一致，揭示了此時李白心中對於政治理想的徹底失意。

與君歌一曲，請君為我傾耳聽。
鐘鼓饌玉不足貴，但願長醉不復醒。
古來聖賢皆寂寞，惟有飲者留其名。
陳王昔時宴平樂，斗酒十千恣歡謔。
主人何為言少錢，徑須沽取對君酌。
五花馬、千金裘，呼兒將出換美酒，與爾同銷萬古愁。

將進酒

李白

君不見，黃河之水天上來，奔流到海不復回。
君不見，高堂明鏡悲白髮，朝如青絲暮成雪。
人生得意須盡歡，莫使金樽空對月。
天生我材必有用，千金散盡還復來。
烹羊宰牛且為樂，會須一飲三百杯。
岑夫子，丹丘生，將進酒，杯莫停。

解讀

天寶三年（744 年），與自己「寰區大定，海縣清一」的壯志漸行漸遠的李白，在愈發失意中終於被玄宗「賜金放還」。支撐他人生的兩大理想支柱——「儒志」與「仙思」，前者轟然倒塌，後者遙不可及，李白陷入了人生中最為低谷的時刻，卻同時也迎來了詩歌創作的高峯。

因為孤獨，他寫下《月下獨酌》，有了「舉杯邀明月，對影成三人」；因為仕宦艱難，讓他感到「難於上青天」，於是有了《蜀道難》；他不願屈心逆志，於是寫下《夢遊天姥吟留別》，留下「安能摧眉折腰事權貴，使我不得開心顏」的風骨；他不甘就此沉淪，於是題壁《梁園吟》，喊出「東山高卧時起來，欲濟蒼生未應晚」的堅守，同時收穫了新的一段愛情——相傳宰相宗楚客家的孫女看完這首詩便被其才情打動，最終嫁給了李白，並與他白頭偕老。但在這一時期，最能彰顯李白個性和風采的一首佳作，當屬這首《將進酒》。

那時李白剛剛離開長安的宮廷，失魂落魄的他想到的第一個值得傾訴的人，便是他知交一生的道士朋友元丹丘，於是便直奔嵩山，登門求助。元丹丘也不愧是李白的知心好友，一看見李白頹然的樣子，不待分說，便知道該怎麼安慰他，趕忙取出山中珍藏多年、百里飄香的好酒，對李白說：「李兄，不必多言，這罈酒就是為今日準備的！」

於是元丹丘擺開酒席，拉李白入座，恰好另一位朋友，隱居在不遠處九皋山上的岑勳也來看望他，三人便同席暢飲了起來。關於岑勳，大家可能不一定熟悉，但愛好書法的朋友應該知道，有一篇楷書名作叫《多寶塔碑》，書法是顏真卿寫的，而岑勳正是碑文的撰寫者。

李白、岑勳、元丹丘三人坐在嵩山上元丹丘的山居庭院裏，俯臨黃河，推杯換盞，酣飲長歌，從日近薄暮喝到了月上中天，不覺中酒罈已經見了底。岑勳和元丹丘也認為酒意已盡，扶着李白想讓他去休息，誰知已經喝得酩酊大醉的李白卻將他們一把推開，又舉着酒杯一邊喝一邊開始高唱起來：「君不見，黃河之水天上來，奔流到海不復回。君不見，高堂明鏡悲白髮，朝如青絲暮成雪。」

你們看，嵩山腳下那滾滾而來的黃河之水，如同從九天之上降落，帶着無盡的氣勢與力量，奔流入海，一去不回，就像那偉大的歷史長河，波瀾壯闊，氣象宏大，片刻不停地沖刷着如塵埃般的人類印記；回頭看，懸掛於中堂之上的明鏡中倒映出你我的影子，彷彿早晨還是滿頭青絲，到了晚上已白髮如雪——這一年李白四十四歲，確已走完了人生三分之二的旅程，與元丹丘相識也近三十年了，回首往事如同一夢，故有「朝絲暮雪」之感。

一邊是奔騰不息的時代洪流，一邊是轉瞬即逝的蹉跎人生，當兩者交織於一身，碰撞出的當然是不可遏制的浩然之氣和宇宙遐思，之所以人們常說這兩句詩大氣磅礴，除了交通天地、勾連盛衰的詩境之外，更源於其背後蘊含的深刻哲思。

既然黃河水東流和青絲變白髮都是不可扭轉的自然規律，身處其間的人也自當安然處之，畢竟在此時的李白心中，快樂才是人生的第一要義。所以，人生得意之時就要盡情享樂，不要讓盛滿美酒的金樽空對明月，辜負了美景良辰；而倘若人生不得志，也要相信「天生我材必有用」，總有自己志向伸展之時，縱使千金散盡，也定會重新擁有。顯然李白眼下的處境屬於後者，這份遭遇挫折後仍能保有希望與信念的積極心態，雖然是一時藉酒而生的豪言壯語，但依然鼓舞着世世代代的追夢之人。無論如何，既然東道主元丹丘已經置下牛羊酒肉，邀來同座的賓朋，這頓酒是要痛痛快快喝上三百杯才算盡興的。

李白說罷，岑勳和元丹丘也意識到了，心中有事借酒消愁的人，往往要比平時更容易喝醉，故而明明喝的分量差不多，兩人都還清醒，李老兄卻已經醉得不輕。二人稍稍避席，正商量着該如何安撫這位醉客，卻又聽得李白一聲高喊，只見他拿着酒杯跌跌撞撞地沖着他們走了過來：「岑夫子，丹丘生，將進酒，杯莫停。」

李白說：「你們是覺得乾喝沒有意思嗎？那我就給你們唱首歌助助興，你們可要側着耳朵聽好了！」說着說着，他唱了起來。兩人哭笑不得之中，也跟着隨聲附和。歌聲中，李白表達了這樣的意思：音樂、美食、財寶帶給人的快樂是表面的，只有酒後的沉醉不醒才真正讓人超脫；自古追求聖賢功名，更是寂寞難耐，只有懂得飲酒之樂的人，才能留下萬古美名。這顯然是針對他被「賜金放還」的處境而言的。

作為知己的元丹丘自然也聽出了曲中之意，又怕他心中鬱結得不到抒展，越喝越愁，忙解勸說：「李老兄，你看這酒罈也見底了，家裏也沒錢買酒，今天就喝到這兒，咱們也盡興了，還是早點休息吧！」這種理由當然搪塞不了李白，他提起曹植曾在《名都篇》中「歸來宴平樂，美酒斗十千」的名句，嚮往這種大同社會的盛世理想。李白認為自己才幹不在曹植之下，故而也追慕起他的風流。至於錢，當然更是不會差的。

李白牽過太原元府君送的五花馬，拿出宮裏皇帝賞賜的千金裘，叫出了元丹丘的小兒子，說：「把這些拿去，多換些好酒回來！我要與你父親和岑叔叔喝個一醉方休，以消萬古之愁！」甚麼是「萬古愁」？開篇便已揭示，就是人生苦短、宇宙無窮的矛盾，這也是所有苦痛的根源所在。至於如何消愁，僅僅喝酒當然是不夠的，但從「與爾同銷」就不難看出，岑勳與元丹丘的選擇也就是李白的出路，安心歸隱，求仙訪道，便能夠得到超脫。

這首萬古流芳的《將進酒》，它的誕生首先便印證了詩中「天生我材必有用」這句顛撲不破的格言。詩歌首尾呼應，詩境曲折起伏，感情充沛，意脈貫通，很難讓人相信，這是一個酩酊醉翁筆下的傑作。它也完美詮釋了甚麼叫做天才手筆，「太白斗酒詩百篇」的美名更是得到了最好的印證。

影話

因為《將進酒》這首詩無與倫比的魅力，《長安三萬里》影片中也對其進行了十分夢幻的演繹。李白帶着一眾好友，吟着這首逍遙的詩篇，駕仙鶴進入幻境，溯着自天而來的黃河之水，直上崑崙山巔，翱翔於天地之間，神遊於八極之表，與仙人舉酒同飲，共聖賢盡興歡歌，令人豔羨之至，傾慕至極！

片中與李白同遊的，不止岑夫子、丹丘生，還有高適和杜甫，事實上，他們也的確曾經在此時經歷了一段同遊的歲月，留下了美好而夢幻的記憶。天寶三年（744 年），李白與杜甫相逢於洛陽，這是中國詩歌史上最偉大的一次相遇，聞一多先生甚至説「我們該當品三通畫角，發三通擂鼓，然後提起筆來蘸飽了金墨，大書而特書」這次偉大的碰面。

而後，李白、杜甫同高適一起，醉舞梁園，行歌泗水、裘馬輕狂，不亦快哉，留下了盛唐詩壇最美好的一場同遊，和無數精彩的詩篇。如今，千載過去，雖然斯人已逝，盛筵難再，但其詩不滅，其風猶存，透過銀幕，我們能伴着這些偉大詩人，一同遨遊，實在是無比美妙的體驗！

永王東巡歌十一首（選三）

李白

其一

永王正月東出師，天子遙分龍虎旗。
樓船一舉風波靜，江漢翻為燕鶩池。

其六

丹陽北固是吳關，畫出樓台雲水間。
千巖烽火連滄海，兩岸旌旗繞碧山。

其十

帝寵賢王入楚關，掃清江漢始應還。
初從雲夢開朱邸，更取金陵作小山。

解讀

追隨永王起兵是李白晚年的一場政治豪賭，也是他人生中爭議最大的事件之一。其實回到當時的背景中，李白的選擇倒也不難理解，因為在他看來，永王並不是叛亂。

安史之亂爆發後，長安、洛陽兩京淪陷，玄宗倉皇逃奔入蜀，太子自請留守中原，以領導前線抗敵，得到了玄宗的首肯。然而，玄宗前腳踏上蜀道，太子後腳就在朔方軍的支持下自行登基，是為後來的肅宗，並遙尊玄宗為太上皇。可以看出，這場皇位交接的背後，其實有巨大的矛盾和隱患。

一邊是叛軍的來勢洶洶，一邊是兒子的突然發難，玄宗最終還是選擇了以大唐江山為重，認可了肅宗皇位的合法性。但作為昔日宮廷政變的優勝者，作為執掌天下近半個世紀的天子，玄宗也不可能就這麼輕易地讓大權旁落。他一方面派遣大臣北上，名為輔佐，實則在肅宗身邊時刻監視；另一方面則冊封自己的其他兒子，讓他們前往各地，領導各方平叛勢力，從而與肅宗的朝廷分庭抗禮，永王李璘便是其中的一個。

永王李璘奉命來到江陵，開始招兵買馬、延攬人才，要說他沒有私心，當然不可能，畢竟肅宗即位的方式不合禮法、備受爭議，玄宗默對諸皇子的分封也給了他們希望，倘若能夠在平定戰亂的過程中壯大實力、立下大功、籠絡人心，日後重新迎奉玄宗，再揮師西進，直入長安，聲討肅宗的不臣不孝之罪，也不是完全沒有可能。

當時的李白早就遠離了政治，在廬山過起了隱居的生活，他在《廬山謠寄盧侍御虛舟》中說：「我本楚狂人，鳳歌笑孔丘。

手持綠玉杖，朝別黃鶴樓。五嶽尋仙不辭遠，一生好入名山遊。」可見他已經基本斷絕了塵俗念想。可是天下局勢的驟變，永王李璘的到來，卻讓李白看見了最後放手一搏的希望，可謂造化弄人。

我們不妨站在李白的視角審視一下當時的局勢：永王都督江南的大權來自玄宗，合理合法；大軍東下金陵的目的是平定叛亂，偉大而正確；一旦北伐成功，收穫的是再造乾坤，前景光明。於是，當永王親自前往廬山拜謁、邀請，並承諾以他為軍師，共襄平叛大業時，正愁報國無門、自知時日無多的李白，無論如何也不可能拒絕了，何況永王如此恩遇，讓他十分滿足，便也許身出山，來到了永王的幕府之中。而後，永王在李白等人的輔佐下經略江淮，壯大實力，並於十二月率江淮水軍揮師東進，直入金陵，聲威席捲整個江南，儼然有與靈武的肅宗分庭抗禮之勢，《永王東巡歌十一首》也正是李白在這一背景下寫來以壯聲勢的名作。

其一「永王正月東出師，天子遙分龍虎旗。樓船一舉風波靜，江漢翻為燕鶩池。」開篇便宣揚永王東巡的正統性，攜天子所分的將帥大旗，率江淮舟師東下，樓船一至必能盪盡風波，讓波濤洶湧的江漢之水，像栖息着燕鶩的池塘般風平浪靜。

而後，其二寫東巡的意義與自己的志向，其三寫永王舟船行動中的氣勢，其四寫金陵形勝，其五寫永王的功績，皆寫得氣勢超然，慷慨激盪。

其六：「丹陽北固是吳關，畫出樓台雲水間。千巖烽火連滄海，兩岸旌旗繞碧山。」寫出了永王兵出江淮的浩浩軍威，東至丹陽，西至京口北固山，整個吳越的江面之上，都是永王大軍的旌旗瀰漫，烽火連通江海，氣勢直逼中原。

其後幾首分說了掃中原、定天下的戰略部署，直至其十，用意已經尤為顯明了：「帝寵賢王入楚關，掃清江漢始應還。初從雲夢開朱邸，更取金陵作小山。」詩中分別將永王比作一統三國的王濬和跨海征遼的唐太宗，極言其一統天下的壯志。

最後一首則徹底暴露了李白的政治野心：「試借君王玉馬鞭，指揮戎虜坐瓊筵。南風一掃胡塵靜，西入長安到日邊。」請求永王借給自己君王所用的玉馬鞭，讓他高坐瓊筵之上，來指揮三軍平叛，等到南風勁吹、驅散中原胡塵之日，也是君臣一道西入長安問鼎之時。

只可惜，瞬息萬變的時局和有限的政治眼光並不能支撐起李白如此雄壯的政治野心，他人生中最後一場豪賭，以滿盤皆輸而告終。永王被肅宗派兵剿滅，李白倉皇逃奔，於潯陽被捕繫獄。這場重大的挫折之後，雖然他的生命沒有就此終結，但那個屬於「詩仙」的飄逸靈魂，我們卻再也看不見了。

影話

在《長安三萬里》影片中，哥舒翰兵敗潼關之後，高適西逃護送玄宗入蜀，而後逐漸得到提拔，官至淮南節度使，奉命討平永王李璘。這時他得知李白就在永王軍中，書僮也向他唸出了這幾首壯大軍威的作品。

我們可以想像高適此刻心中的矛盾，論忠君報國，他應當奉命出征，論知交情意，他應當網開一面。當然，相比於李白的任性豪賭，高適選擇了冷靜分析、權衡利弊，他的政治嗅覺和眼光遠在李白之上，因而兩人最終的仕途成效也是雲泥之別。

最終，高適的決絕一擊，擊碎了李白的春秋大夢，也親手斷送了他一生都在乎與守望的這段知己情意。李白的痛，人盡皆知，高適的痛，則更多埋藏心底，這一結局，不可謂不令人唏噓。

早發白帝城

李白

朝辭白帝彩雲間，千里江陵一日還。
兩岸猿聲啼不住，輕舟已過萬重山。

解讀

追隨永王兵敗後，李白被繫於潯陽獄中，等候朝廷的裁決。這期間，他曾致信高適，渴求得到他的幫助，卻沒有等來回信。不過好在憑藉李白的名氣與人緣，還是有不少人為他講情，其中不乏宰相一級的朝中大員。於是李白最終免於一死，被判長流夜郎，夜郎也就是如今的貴州山區。

雖然免去了死罪，但對於生性風流的李白而言，流放夜郎這樣一個在當時尚未完全開化的窮山惡水之地，無異於人生失去了意義，加之永王兵敗給他帶來的理想幻滅的打擊，李白的流放旅途可謂舉步維艱、行邁靡靡、毫無生機。

然而，正當他行至三峽白帝城，將要棄舟登岸之際，卻傳來了一個天大的好消息。一紙赦書突然從江上傳來，原來是此時肅宗龍體欠安，為了祈福，遣使巡遊四海、祝禱名山，並大赦天下，而此次李白幸運地在被赦免之列，不必再往夜郎跋涉，可以就地返程了。

得到赦令的一刻，李白有如絕處逢生一般，喜悅之情溢於言表，絲毫不想再在峽中停留，轉天一早便又從白帝城登舟，順水直下，臨行之際便寫下了這首後世耳熟能詳的名篇。

詩中說，由於重獲自由與希望，峽中逼仄的天空也顯得彩雲遍佈，充滿了祥瑞之氣，而順流直下也遠遠快過來時的艱難，只消一日便可走完千里，直達江陵。三峽的兩岸多猿猴啼鳴，遷客騷人往往被它們勾出許多辛酸的淚水，然而李白此刻心中卻滿是喜悅，故而只覺得猿啼之聲都那樣輕快嘹亮。不知不覺間，萬重山嶽從身後掠過，廣闊的中原天地間又重現他的身影。

古詩中寫景的句子往往是為了烘托情感，大多數時候，情感基調與景物的風格都是統一的，即便有所反差，也基本都是以樂景寫哀情，像「兩岸猿聲啼不住，輕舟已過萬重山」這樣以哀景寫樂情的句子，可謂是李白的匠心獨運，更加反映出他重獲自由的喜悅之情。

影話

高適擊退吐蕃的進犯之後，等來了嚴武的接替，從而功成身退。分別之際，程監軍看出了他的關心，也為他送去了關於李白的最後消息。當得知李白遇赦放還後，高適的心中也如釋重負，程監軍同時吟唱了這首《早發白帝城》，為劇情畫上了圓滿的句號。

這是李白生命中最後一首風格歡快的詩作，這種短暫的歡快更像是一種「迴光返照」，襯出的更多是此前流放路上的絕望。雖然重獲自由，他卻並沒有獲得新的希望，在長江沿岸漂泊遷居兩三載後，李白病逝於當塗（今安徽馬鞍山），臨終高唱「大鵬飛兮振八裔，中天摧兮力不濟」(《臨路歌》)，與年少時的「大鵬一日同風起，扶搖直上九萬里」又形成了鮮明的對比。

就這樣，「詩仙」走完了在人間的歲月，飛升而去，留下1100多首詩篇和無數精彩的故事，至今散發着它們的無窮魅力。

盛唐羣星

十二首詩漫步「盛唐文化宇宙」

望嶽

杜甫

岱宗夫如何？齊魯青未了。
造化鍾神秀，陰陽割昏曉。
盪胸生層雲，決眥入歸鳥。
會當凌絕頂，一覽衆山小。

解讀

杜甫，字子美，河南鞏縣（今河南鞏義西南）人，中國古代最偉大的詩人之一，被譽為「詩聖」，有《杜工部集》傳世，今存詩 1400 餘首，反映了唐王朝由盛轉衰的歷史過程和社會面貌。其詩眾體兼備，守正出新。杜甫尤以五七言律詩成就最高，代表作有《登高》、《秋興八首》、《詠懷古跡五首》、《兵車行》、《麗人行》、《哀王孫》、《哀江頭》、《石壕吏》、《無家別》、《北征》、《自京赴奉先縣詠懷五百字》、《望嶽》、《春望》等。

中唐大詩人元稹在《唐故工部員外郎杜君墓係銘並序》中評價杜甫：「上薄風騷，下該沈、宋，言奪蘇、李，氣吞曹、劉，掩顏、謝之孤高，雜徐、庾之流麗，盡得古今之體勢，而兼昔人之所獨專矣。」全面論述了杜甫在中國詩歌發展史上承上啟下、繼往開來的獨特地位。韓愈也說「李杜文章在，光焰萬丈長」（《調張籍》），可見杜甫與李白作為中國歷史上兩位偉大詩人，地位是不可撼動的。

杜甫出身「京兆杜氏」，世代「奉儒守官」，他的始祖杜延年、遠祖杜預都是歷史上著名的功臣，祖父杜審言也是初唐一流的文人，特殊的家風和成長環境，使杜甫從小樹立了「致君堯舜上，再使風俗淳」（《奉贈韋左丞丈二十二韻》）的偉大理想。同時，杜甫作為「盛世同齡人」，與大唐一同成長，他從小在洛陽長大，受到最先進文化的哺育滋養──聽着李龜年的歌，看着公孫大娘的舞，誦着祖父杜審言的詩，這樣的杜甫，簡直是走在流行前線的「最時尚青年」！所以，他對大唐盛世必然飽含感情，也正因如此，當他親歷盛世的動盪與崩壞，才會發自內心地為國家擔憂，為人民哀痛。

這首《望嶽》是杜甫早年最為突出的傑作。開元末年，杜甫的父親在山東擔任兗州司馬，藉着探親的機會，杜甫便有了一場「放盪齊趙間，裘馬頗輕狂」的青春漫遊，這首《望嶽》正是作於這一時期。

題目中的「嶽」當然是指東嶽泰山，也叫「岱嶽」、「岱宗」，它不僅是五嶽之尊，更是中國古代人們最尊崇的一座山。歷史上最神聖、崇高的政治儀式叫做「封禪」，指的就是有德君王在泰山頂上祭天、在泰山腳下的梁父山祭地的過程。可以說，在傳統政治文化中，泰山就是神聖與至高無上的象徵。

作為一個立志要「致君堯舜上，再使風俗淳」的有為青年，杜甫不可能不對這偉大而神聖的泰山心馳神往，恐怕也曾不止一次暢想和問及「岱宗夫如何」。而當他剛一踏上山東的土地，看見開闊平坦的平原上那挺拔俊秀的高峯灑下青青綠意，感受到孔孟先哲和歷代賢君良臣的遺風瀰漫於天地，也就不禁感慨起「齊魯青未了」。彷彿自己的神聖理想就像這座偉大山嶽一樣，近在咫尺，觸手可及。

奔着理想的方向，邁着堅實的腳步，杜甫離泰山越來越近，望見的泰山也越來越雄偉——山的「陰陽」劃分了天的「晨昏」，站立其上，「層雲」激盪於胸前，「飛鳥」拉開了視野。是大自然何等的鬼斧神工，造就了這般的鍾靈毓秀；又是詩人的寬廣胸懷，孕育出跨時代的一聲高唱。

「會當凌絕頂，一覽眾山小」，這原是《孟子》當中記錄孔子的語句：「登東山而小魯，登泰山而小天下。」大家不妨暢想這個畫面：一個二十多歲的青年，背靠五嶽之尊，面對蒼茫天地，高喊孔孟先哲的話語，這既是一場跨越千載的致敬，也是一段風雲激盪的宣言，該是何等進取的盛世與多麼高昂的人格，才能碰撞出如此振聾發聵的宇宙強音！

影話

《長安三萬里》影片中，高適二入長安之際，在李白家門口偶遇杜甫，唸出了他的名句「會當凌絕頂，一覽眾山小」，足見此時的杜甫也已經在詩壇有一定地位，同時詩中那壯闊的胸懷、蓬勃的朝氣，更是與高適、李白志趣相投。也正因如此，他們才能夠開啟三人的夢幻同遊，給詩壇留下了無與倫比的千秋佳話。

不同於大家印象中杜甫晚年的沉鬱頓挫、憂國憂民，青春時代的杜甫是十分幸福和快樂的，這一點在《長安三萬里》影片中得到了很好的呈現。杜甫是「盛世同齡人」，又出身於世家，成長於中原，讀過萬卷書、寫過鳳凰詩，是在盛世文化滋養中成長起來的詩人，也因此對盛世飽含感情，並將這份感情守護了一生。

當然，相比於李白和高適，影片中「詩聖」的戲份少了很多，這主要還是因為他年齡小，在劇情設定的年代裏，杜甫的創作高峯期還沒有到來。加之詩歌主張和創作風格的差異，也許正因如此，《河嶽英靈集》中沒有選入杜甫的作品。

相思

王維

紅豆生南國，春來發幾枝。
願君多採擷，此物最相思。

解讀

王維，字摩詰，蒲州猗氏（今山西臨猗）人，盛唐偉大詩人，有《王右丞集》傳世，今存詩 400 餘首，眾體兼善，涵蓋應制頌聖詩、遊俠邊塞詩、政治諷喻詩、送別詩等不同題材，尤以山水田園詩成就最高。代表作有《使至塞上》、《和賈舍人早朝大明宮之作》、《少年行》、《老將行》、《洛陽女兒行》、《送元二使安西》、《九月九日憶山東兄弟》、《積雨輞川莊作》、《山居秋暝》等。

大多數人對王維的印象是「詩中有畫，畫中有詩」，或是「詩佛」的稱號，但這都遠不足以概括王維的成就。他曾用十個字概括自己的創作追求：「盛得江左風，彌工建安體。」（《別綦毋潛》）「江左風」就是南朝以來的綺麗文采，「建安體」就是建安風骨的質實情思，二者結合起來達成的境界叫「文質彬彬」，是詩歌的高層次追求，也正是盛唐氣象一大特點，因而王維被認為居於「盛唐正宗」的地位。

同時，王維真正篤信佛教主要是在晚年以後，早年的他，在好尚佛家的空靈禪意之外，對於儒學的治世理想、道教的自在人格，同樣有着堅定的信仰與追求，官當得不小，生活還十分逍遙，在仕與隱中達到了難得的平衡，而這也是盛唐士大夫普遍追求的人生境界。詩歌之外，王維還善畫、精通音律，有重要的繪畫和音樂理論傳世。藝術成就的全面突破，同樣極大地促進了他詩歌創作成就的提升。

這首《相思》也是王維精通音律的一個明證，這首詩又題《江上贈李龜年》，李龜年是盛唐著名的樂師，王維與他交情甚好，在一次與他分別之時，以此詩相贈。

紅豆又名「相思子」，故而詩人選取這樣一個意象，來寄託分別之時的不捨之情。友人應當是自長安去往南方，故而寫「紅豆生南國」，既符合事理，又暗含着別後會產生更多相思；春日雖然美好，卻也是容易傷懷的時節，融融春光更容易讓人想和所念之人共同分享，故而寫「春來發幾枝」，又強化了相思的情意。南國春日，思念友人，這樣的情緒該如何排遣呢？不妨就多採下幾顆紅豆，看見它們，便能想起彼此間的牽絆與掛念，聊以慰藉。

詩歌很短，也很簡潔，卻韻味悠長，情思真摯，以最簡單的形象、最樸素的語言，寄託了最純潔的心意。

影話

《長安三萬里》影片中王維共出場兩次，第一次便是在岐王府中，彈琴獻藝，博得玉真公主的賞識，與高適的落魄形成了鮮明對比。

至於這首《相思》，在影片中則出自小杜甫的口中。高適舞槍出醜，落魄下台之後，在偏房偶遇少年杜甫，這一情節是對杜甫《江南逢李龜年》中的詩句「岐王宅裏尋常見」的演繹。杜甫引高適在一旁觀摩了演出，並在向他介紹王維時唸出了這首代表作。

的確，在盛唐的典雅高華為主的文化環境中，王維其人、其詩是更受歡迎的，他也在玉真公主的提攜下，很快成為了盛唐詩壇的領袖和宗師。

這一情節的安排，彰顯了盛唐這一詩歌國度的魅力，體現了舉國上下對於詩歌的極致追捧，也在失意的高適、年少的杜甫心中埋下了「寫好詩」的種子，激勵着他們長成詩國百花園中的參天巨木。

王維的第二次出場是在長安曲江酒肆的宴會中。總的來説，王維的詩極具盛世風韻，尤為宏麗清雅，故而備受當時和後世的推崇。

隴頭吟

王維

長安少年遊俠客，夜上戍樓看太白。
隴頭明月迥臨關，隴上行人夜吹笛。
關西老將不勝愁，駐馬聽之雙淚流。
身經大小百餘戰，麾下偏裨萬戶侯。
蘇武才為典屬國，節旄空盡海西頭。

解讀

這是以山水田園詩見長的王維創作的一首邊塞詩作，創作於開元二十五年（737 年）前後，王維作為監察御史巡查西域之時，也就是與《使至塞上》同一時期。

詩歌前四句以「長安少年」眼中的邊塞景象展開，實則寫出了自己對於隴頭風光的第一印象：來自中原的這位少年遊俠，在夜間登上瞭望高台，仰觀天象，原本想通過太白星的明暗，判斷西域戰爭的形勢，卻被一輪高懸中天的明月吸引了所有目光，同時，耳邊響起了征人吹奏的思鄉樂曲。大家要感受這當中的情感變化，王維作為一個巡邊御史，職責是監察戰備，所以觀察的出發點在於象徵着軍威的「太白」。而當他深入此地，了解到士卒思鄉的疾苦，眼中耳中便只有明月與笛聲，這是一種共情，十分可貴地彰顯了唐詩的溫度。

而比王維感觸更深的，是守備邊疆多年的關西老將。他停下戰馬，淚流不止，因為從笛聲中，他聽出了太多青春回憶和往事依稀，更滿懷着對未來前景的憂慮——自己已身經百戰，昔日麾下的士卒有的已立功封侯，衣錦還鄉，可自己卻像當年的蘇武一樣，持節守在邊塞，恐怕早已被朝廷遺忘。

這首詩表達了王維對那些久戍邊塞、不能回鄉團圓的將士由衷的同情，其中也隱隱有對軍中賞罰不公的諷刺，寓意與《老將行》中「衛青不敗由天幸，李廣無功緣數奇」有異曲同工之妙。

影話

同樣在《長安三萬里》影片的結尾，高適與書僮提及「長安」詩歌的對話中，唸到這首詩中「長安少年遊俠客，夜上戍樓看太白」一句。

高適本人是邊塞詩人，一生三次出塞的經歷正合了這句詩所描寫的內容，其一生對黎民的關懷，對現實的諷刺揭露，也與這首詩的整體內涵相一致，故而除了提及「長安」二字之外，這首詩意義也頗為巧妙。

過故人莊

孟浩然

故人具雞黍，邀我至田家。
綠樹村邊合，青山郭外斜。
開軒面場圃，把酒話桑麻。
待到重陽日，還來就菊花。

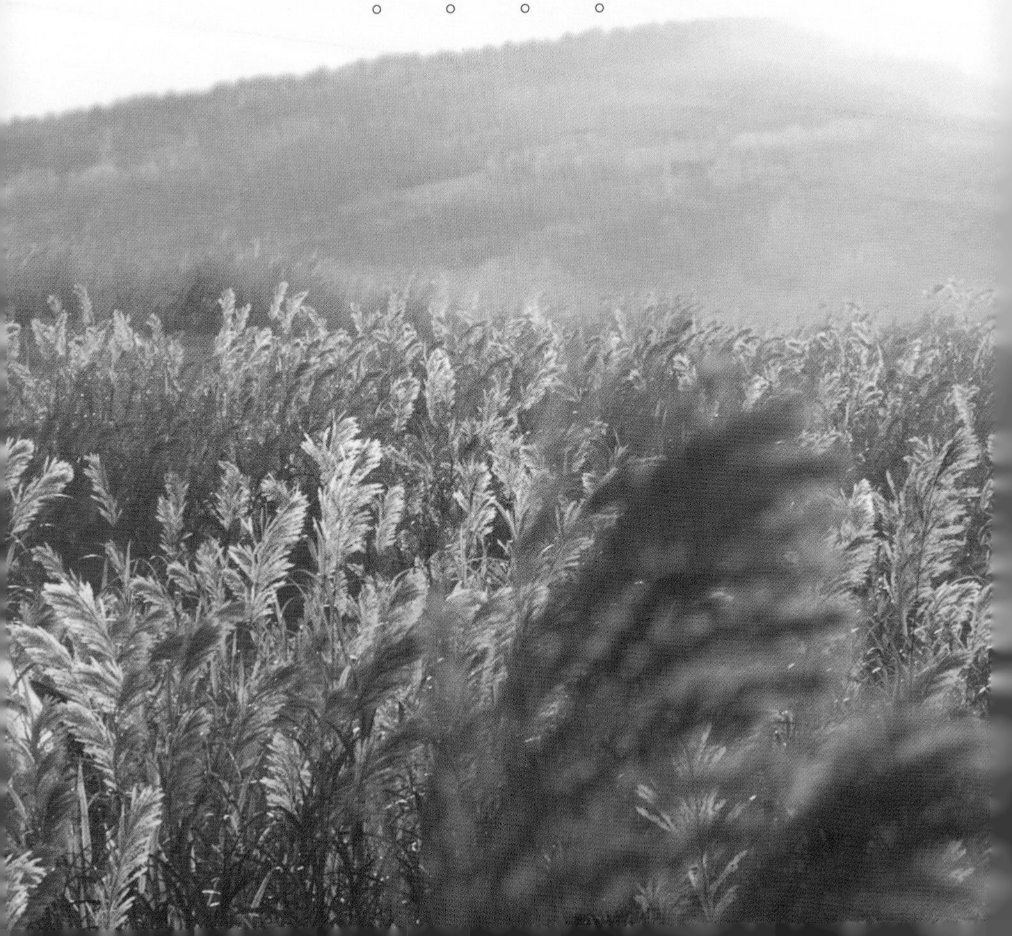

解讀

孟浩然，襄州襄陽（今屬湖北）人，盛唐偉大的山水田園詩人，有《孟浩然集》傳世，今存詩 210 餘首。他的山水詩主要寫隱居山林或漫遊山水的所見所感，長於表現自然山水的清幽境界，還有少部分田園詩，描寫與農人共同勞動、相互交往的情景，代表作有《春曉》、《與諸子登峴山》、《過故人莊》、《夜歸鹿門歌》、《望洞庭湖贈張丞相》、《宿業師山房待丁大不至》等。

孟浩然在盛唐詩人中獨樹一幟的點在於，他是終生沒有做過官的「布衣詩人」。他並不是不想做官，他也曾感慨「欲濟無舟楫，端居恥聖明。坐觀垂釣者，徒有羨魚情」（《望洞庭湖贈張丞相》），也曾歎息「不才明主棄，多病故人疏」（《歲暮歸南山》），但終因性格與機遇等原因，與仕途無緣。但也正因如此，他寄情山水，醉心田園，成為偉大的詩人，也憑藉詩歌創作的成就流芳百世，這也是身處盛唐這個詩歌國度的獨特成就。

孟浩然雖然是一介布衣，但與不同身份地位的詩人都有着密切的往來，也備受他們的推崇。他與王維是至交好友，與王昌齡為生死之交，李白稱他「高山安可仰」，杜甫評他「清詩句句盡堪傳」。他的詩歌以一個「清」字見長，景物清幽、境界清淡、語言清麗、風格清新，悠然中見出親切質樸，平淡中愈顯韻味醇厚。

這首《過故人莊》是孟浩然田園詩中的代表，寫的是一個和煦的春天，朋友設下小柴雞、黃米飯這些豐盛的農家菜肴，邀請自己前去探訪。剛剛來到村莊外，就看到青山橫亘天邊，綿延無盡，道路兩邊的綠樹由近而遠伸向前方，彷彿排着隊熱情相迎。

來到友人家中，他和朋友打開屋門，面對着場院，進一步貼近山水自然的氣息，一邊吃着鄉野美食，一邊品着田園陳釀，訴說的盡是桑麻之類的村居故事，這種自然、樸素、原生態的氣息，不夾雜絲毫污濁的凡塵氣息，讓人的心情無比怡悅。也正因如此，不知不覺，就到了要分別的時刻，自然也要定下半年之約，待到秋日重陽後，還來一道賞菊品茶，再續佳話。

整首詩讀下來，平淡簡練，但意蘊悠長，無論是詩中的景、農家的事，還是流出的自然之趣、朋友之情，都體現了孟浩然由人到詩，全方位的「清」與「醇」。

影話

在《長安三萬里》影片中，這首詩出現在高適回到宋州閉戶讀書之時。具體場景是高適在村邊小溪畔釣魚，一旁的孩童給他唸着書中詩句，每唸一句，他便重複一句，所唸的便是這首詩中的「綠樹村邊合，青山郭外斜」。

孟浩然在盛唐一代大詩人中年齡大、成名早，故而他的詩篇流傳也很廣泛，加之這一句描繪的意境，與畫面中高適所居的田園山莊景象十分吻合，詩中表達出的安居田園、清淡自然的志趣也符合高適此時的心境。

春曉

孟浩然

春眠不覺曉，
處處聞啼鳥。
夜來風雨聲，
花落知多少。

解讀

這是孟浩然的代表作，也是大家從小就耳熟能詳、爛熟於心的詩篇。《春曉》之所以傳誦度高，不僅因為它短小簡潔、朗朗上口，更在於詩中展現的悠閒安逸的狀態與心境，在繁忙的生活中能帶給我們格外的安然。

詩的意思非常簡單，翻譯過來就是寫自己春天的一早睡懶覺，太陽升得高高的也全然不覺，直到到處都是鳥雀的嘰嘰喳喳聲，才睜開惺忪的睡眼；這時，又忽然想起昨夜，朦朦朧朧之中似乎經歷了一場風雨，不知吹落了多少春花。

值得我們細品的是文字背後的情感，我們常說「一年之計在於春，一日之計在於晨」，在一個春日的早晨睡懶覺，這本身就有很獨特的寓意，在別人全身心奮鬥的時間裏，不顧一切地「躺平」。大家不要小看孟浩然的這種「躺平」，他並不是對自己的人生不負責任，而是經歷了挫折之後不糾結、不內耗，仍能讓自己保持積極健康的心態，這在「端居恥聖明」的盛唐時代，是非常不容易的，要經得住世人的冷眼，要放得下心中對功名的執着，才能真的做到。

有人說，詩歌的結尾，「花落知多少」還是流露出了一絲對春光流逝的惋惜，其實不然。這裏更多的是一種於世事不關心的淡然，管它花落多少，管它春光幾何，在我這個淡泊一切的人心中，外物與環境的變化又有甚麼關係呢？

影話

《長安三萬里》影片中，李白對是否入贅安陸許氏仍十分猶豫，於是約高適一同去尋訪孟浩然，探求一個答案，途中高適、李白一同唸出了這首詩。

只可惜此番尋訪並未見到孟浩然，只得到了他將東下揚州的消息。於是，二人急忙趕往江夏，於黃鶴樓邊的渡口，看見孟浩然的行船剛剛起航。李白一路追趕，想要得到孟浩然的答覆，卻因距離太遠、江風太大，無法聽清。於是，他扯下帷幔，借高適之力豎起高杆，上書「當否」二字以示。孟浩然心領神會，也用布帛寫下一個「當」字高高亮起，李白心中這才有了最終的答案。

其實，在詢問孟浩然之前，李白心中大概已經有了傾向的選擇，答案與這首《春曉》所傳達的詩境異曲同工：不要那麼在意外在的環境與變化，一切評價的標準，只取決於自己內心是否安然。對待春光如此，對待功名事業與婚姻愛情，亦是如此：只要你追求功名是為了造福百姓、報效盛世，那就不必在乎追求的過程是否會遭受白眼；只要你在這段婚姻中能得到你想要的，能真心去對待它，也就不必在意外在的禮法和世人的閒言。

所以從這首詩中，我們就已經可以判斷，孟浩然那個大大的「當」字一定會飄進李白的心中。

出塞二首（其一）

王昌齡

秦時明月漢時關，
萬里長征人未還。
但使龍城飛將在，
不教胡馬度陰山。

解讀

王昌齡，字少伯，京兆長安（今陝西西安）人，盛唐詩壇的全才詩人，因其極高的詩壇影響和地位，被譽為「詩家天子」，有《王江寧集》傳世，今存詩 180 餘首。他的作品主要有邊塞詩、閨怨詩和送別詩三類，特色鮮明，各得其妙，尤以邊塞詩最為知名，且因七言絕句創作出神入化，而有「七絕聖手」之稱。代表作有《從軍行》、《出塞》、《長信秋詞》、《閨怨》、《芙蓉樓送辛漸》等。

王昌齡的人生經歷十分豐富，早年隱居灞上，後漫遊河北邊地，開元十五年（727 年）進士及第，入朝任秘書郎，後幾經貶謫，流落江湖。這樣豐富的人生經歷，使得他與大多數詩人交往密切，建立了良好的情誼，其詩歌創作的內容與風格也極為廣泛。其詩氣勢磅礡、境界開闊，善於概括和想像，能將豐富的意蘊融匯於短小的體制之中，且語言圓潤，音調瀏亮，富於民歌氣息，堪稱神品。

這首《出塞》就是王昌齡最著名的代表作之一，表現了對戍邊士卒的同情與歌頌，表達了渴求天下太平的美好願景。

開篇寫「秦時明月漢時關，萬里長征人未還」，不但對戍邊將士因守衛家國而背井離鄉的遭遇表達了深切的同情，更營造出了一種天地浩大與世事滄桑之感，強化了悲劇的色彩。自戰國至秦漢以來，以匈奴為代表的北方遊牧民族政權不斷襲擾邊塞，為了守護中原的安寧，統治者築起了長城，並連年派士卒守備。萬里長城上下，處處有烽火哨卡，千百年來，時時不停征戍，如此浩大的時空範疇中，該有多少「人未還」啊！更可悲的是，只要邊疆一日不寧，這種悲慘就還將有人遭遇，越來越多的「人未還」正在發生。

但同時，詩人知道，這些士卒的犧牲是不可避免的，所以，他只能盼望上天降下一位李廣這樣的「龍城飛將」，希望勇士們在他的帶領下早日盪平塞北，讓胡馬望風而散，不敢越陰山一步，讓中原不再有戰亂之危，也讓天下不再有離別之苦。

這首詩的情感基調雖然也很悲，但悲而不苦，悲而不怨，多的是一份悲中有壯，這也是盛唐邊塞詩人獨有的風骨與境界。

影話

在《長安三萬里》影片中，王昌齡也是在長安曲江酒肆出場的詩壇明星之一，「秦時明月漢時關，萬里長征人未還」作為他的代表作被介紹出來。這兩句詩在這裏倒是沒有甚麼特殊的寓意，但的確最能反映王昌齡的詩歌成就和特點，能體現他壯闊豪邁的氣象、深沉雄渾的情思、流暢神俊的語言和博大精微的宇宙意識。

去時三十萬，獨自還長安。
不信沙場苦，君看刀箭瘢。
鄉親悉零落，冢墓亦摧殘。
仰攀青松枝，慟絕傷心肝。
禽獸悲不去，路旁誰忍看。
幸逢休明代，寰宇靜波瀾。
老馬思伏櫪，長鳴力已殫。
少年與運會，何事發悲端？
天子初封禪，賢良刷羽翰。
三邊悉如此，否泰亦須觀。

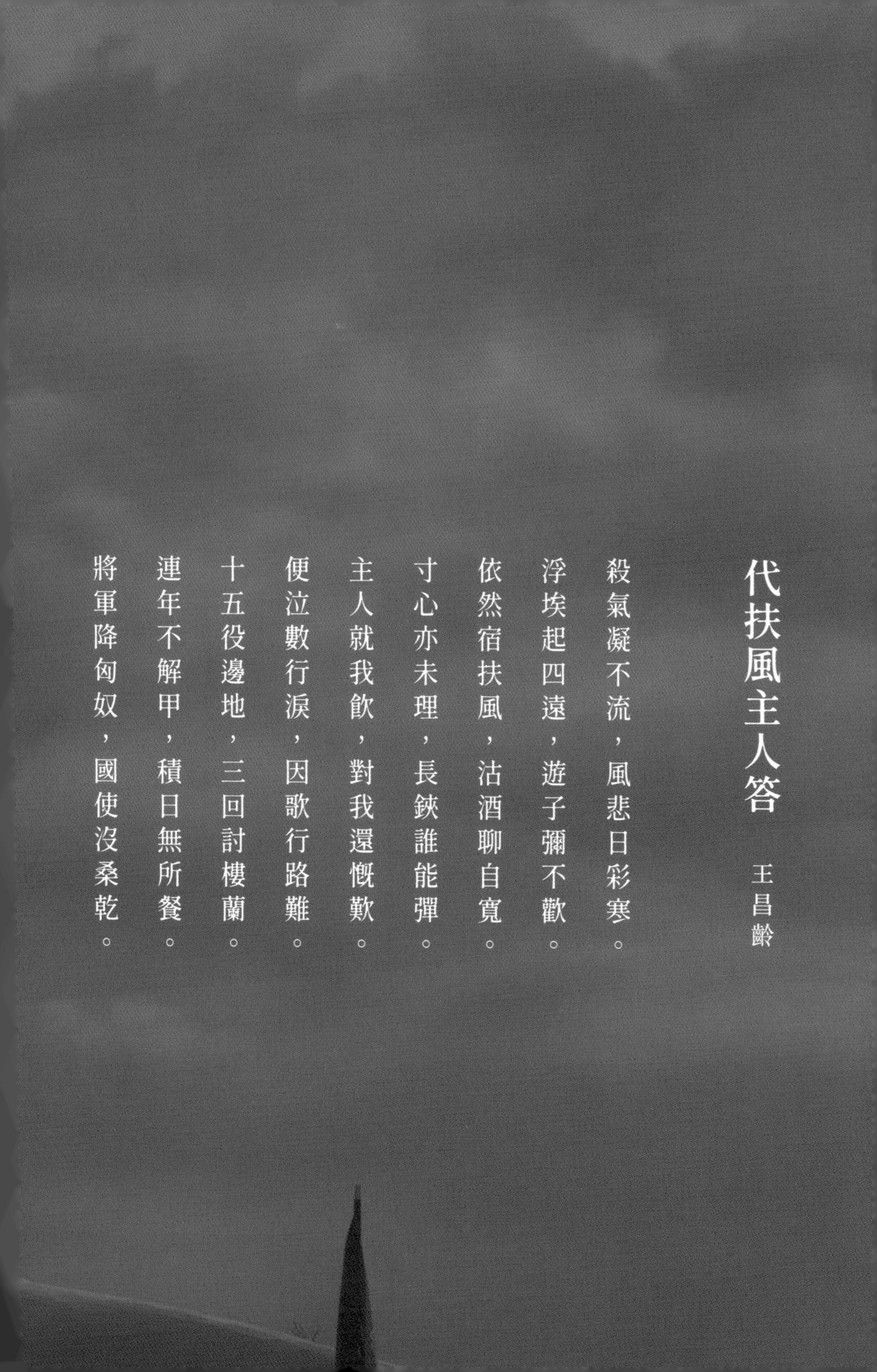

代扶風主人答

王昌齡

殺氣凝不流，風悲日彩寒。
浮埃起四遠，遊子彌不歡。
依然宿扶風，沽酒聊自寬。
寸心亦未理，長鋏誰能彈。
主人就我飲，對我還慨歎。
便泣數行淚，因歌行路難。
十五役邊地，三回討樓蘭。
連年不解甲，積日無所餐。
將軍降匈奴，國使沒桑乾。

解讀

這也是一首邊塞詩作，作於王昌齡早年漫遊河西之後。詩歌藉扶風主人之口，述說自己的邊塞見聞，傾吐對於家國事局的獨到見解，暗含諷喻之意，有着強烈的現實意義和擔當精神。

詩歌的前六句交代背景，講述了自己與扶風主人的相遇：那是一個日色昏暗、悲風凜冽、雲凝氣沉、塵埃漫天的日子，這樣蕭瑟淒緊的環境也映襯出了詩人鬱鬱消沉的心境。正是在這樣的環境與心境中，他來到了扶風，坐在酒肆之中舉杯澆愁，彈劍抒懷，聊以自寬。可貴的是，在這樣苦悶的境遇下，他遇到了一位「知音」的扶風主人，坐下與他共飲，開懷與他對談，傾吐心中事，不禁淚潸然，他也就有感於心，寫下了這首詩篇。

其下十六句記錄下的便是這位扶風主人口述的遭際：他少年投身邊塞，數度征討樓蘭，常常廢寢忘食，終日勤苦奮戰。然而卻橫遭敗仗，三十萬大軍灰飛煙滅，隻身敗逃長安。數年的沙場征戰沒有給他帶來戰功，只留下滿身的創傷，回到家中卻還要面對家鄉的殘破和家人的死亡，這樣悲苦的遭遇怎能不讓人痛斷肝腸！就連一旁的禽獸見到此情此景，都會忍不住同情，為之駐足。

最後，扶風主人望向了對坐飲酒的少年，也就是詩人自己，勸勉他說：好在這一切悲劇都已過去，如今迎來了聖明時代，我還想為國家做些甚麼，卻已經是老驥伏櫪，力所不及，但你這位少年英豪不應作此悲戚之狀，而應當抓住時機有所作為！天子剛剛封禪，朝中羣臣也多賢良才士，一定會給國家和邊疆帶來新的氣象！

詩中的扶風主人，可能確有其人，在酒肆之中給了王昌齡勉勵，也可能只是一個藝術化的形象，是王昌齡人格中進取向上的一面，說服了意志消沉的另一個自己。

總之，在一番鼓舞之下，王昌齡奮發有為，在不久到來的科舉當中一舉中第，更堅定執着地走上了報國之路，這也是詩歌帶來的振奮人心的力量。

影話

這首詩在《長安三萬里》影片中同樣出現在結尾，高適與書僮的對話當中，「去時三十萬，獨自還長安」原本是十分淒涼蕭瑟的一句，似乎暗中總結了以李白、杜甫、高適為代表的大多數盛唐文人，懷着壯志理想投身報國的道路，最終卻大多遭遇了人生的失意。但結合整首詩傳達出的對於進取的勉勵，我們又不得不將這首詩背後那股積極進取的態度和振奮人心的力量帶進影片當中，這些偉大詩人為了追尋心中「長安」，屢戰屢敗又屢敗屢戰的精神，正像詩中的扶風主人和詩外的王昌齡一樣，給我們堅信理想的力量。

瀚海闌干百丈冰，愁雲慘淡萬里凝。
中軍置酒飲歸客，胡琴琵琶與羌笛。
紛紛暮雪下轅門，風掣紅旗凍不翻。
輪台東門送君去，去時雪滿天山路。
山迴路轉不見君，雪上空留馬行處。

白雪歌送武判官歸京

岑參

北風捲地白草折，胡天八月卽飛雪。
忽如一夜春風來，千樹萬樹梨花開。
散入珠簾濕羅幕，狐裘不暖錦衾薄。
將軍角弓不得控，都護鐵衣冷難着。

解讀

岑參，江陵（今湖北荊州江陵）人，盛唐偉大的邊塞詩人，有《岑嘉州集》傳世，今存詩 400 餘首。岑參詩歌最突出的特點就是一個「奇」字，杜甫評價他「岑參兄弟皆好奇」（《渼陂行》），《河嶽英靈集》也說他「參詩語奇體峻，意亦造奇」。這種「奇」根植於他深入的邊塞生活，和浪漫的盛世情懷。

岑參一生三度出塞，是邊塞詩人中出塞生活時間最長，去往邊塞距離最遠的，一度深入新疆和中亞地區，因此他的邊塞詩數量冠絕唐人，成就也極為突出。這些詩篇生動真切地展現邊塞生活，描繪奇麗壯闊的邊塞景觀，表現邊塞民族的獨特風情，充滿神奇壯烈與豪邁樂觀的個性色彩。代表作有《白雪歌送武判官歸京》、《走馬川行奉送封大夫出師西征》、《熱海行送崔侍御還京》等。

這首《白雪歌送武判官歸京》是岑參最著名的代表作，也是最能體現其詩之「奇」的作品。詩中的「奇」可以從三個角度來理解。

第一種奇，是景象之奇。「北風捲地白草折，胡天八月即飛雪」，開篇就出現了中原絕對看不見的奇異景象。八月還算不上深秋，中原很多地方暑氣都尚未消退，而邊塞地區竟已嚴寒到了風雪漫天、百草凋零的程度，不可謂不奇。

第二種奇，是想像之奇。「忽如一夜春風來，千樹萬樹梨花開」，這是多麼浪漫奇幻的比喻。身處嚴寒的邊塞，經歷徹骨的嚴寒，竟還能幻想是千萬樹的梨花盛放，若不是心中本就激情如火，腹中本就蘊含滿園春意，又如何能寫出這般溫暖和夢幻的奇麗詩句。

第三種奇，則在構思之奇。整首詩由白雪寫至送別，前半段寫景，突出了邊塞的寒冷和景象的奇幻，由一句「愁雲慘淡萬里凝」，自然地賦予眼前實景以情感寄託，十分自然地展現了離情別緒。

詩歌後半部分着眼於送別，八句之中，場景四度切換：「中軍置酒飲歸客，胡琴琵琶與羌笛」，這是在中軍帳中吹奏樂曲，為餞別的宴會助興；「紛紛暮雪下轅門，風掣紅旗凍不翻」，這是宴會已畢，送行來到了轅門；「輪台東門送君去，去時雪滿天山路」，這是相送直至城門，不得不就此別過；「山迴路轉不見君，雪上空留馬行處」，這是離別之後久久凝望，依依不捨。這種場景快速切換的佈局，恰恰體現了詩人與友人送別的不捨，彷彿時光飛快，匆匆而過。

詩歌的最後兩句也是千古傳誦的名句：「山迴路轉不見君，雪上空留馬行處。」寫自己望着空盪盪的山路，空有行者留下的足跡，卻再無友人的身影。這裏大家還可以思考更深一層：雪上的馬行處象徵着有人歸去留下的最後念想，而隨着風雪的繼續紛飛，這些馬行蹤跡只會越來越淡，如同離人在生命中的漸行漸遠，想到這裏，詩歌的韻味便更濃了。

影話

這首詩在《長安三萬里》影片中，同樣是出現在長安曲江酒肆的詩壇羣英會上，作為岑參的代表作，「忽如一夜春風來，千樹萬樹梨花開」被吟誦出來。這是他最出名的詩句，也最能體現他的詩風之「奇」。

登鸛雀樓

王之渙

白日依山盡，黃河入海流。
欲窮千里目，更上一層樓。

解讀

王之渙，字季凌，并州晉陽（今山西太原西南）人，盛唐偉大的邊塞詩人。他出身太原王氏，以門蔭入官，有慷慨雄才，卻受人誹謗，憤而去職，漫遊邊塞。雖然王之渙如今只存詩 6 首，但成就極高，《登鸛雀樓》、《凉州詞》兩篇代表作可謂冠絕古今。

《登鸛雀樓》既是王之渙最為著名的代表作，也是如今流傳度最高的唐詩之一。鸛雀樓位於山西永濟，西鄰黃河，南倚中條山，與黃鶴樓、岳陽樓、滕王閣並稱「中國四大名樓」，也是其中唯一位於北方的一座。

中條山是東西走向的山脈，最西端與黃河的河岸相連，山勢漸趨平緩，使得站在鸛雀樓上的詩人一眼看去，太陽的運動就好像是沿着山麓一道兒溜下了地平線，這就叫「白日依山盡」。詩人的視野隨着太陽的運動軌跡，拉開了一條東西方向的坐標軸，將巍然而蒼茫的景象盡收眼底。而一旁的黃河，自北向南奔流，便又拉開一條新的坐標軸，看見的是全新的景象，但也同樣充滿氣勢。這一縱一橫兩個坐標軸，就搭建起了壯闊浩盪的山川四野。

「白日依山盡，黃河入海流」這兩句似乎已經把境界展現得大到不能再大了，但王之渙告訴你，還可以「欲窮千里目」，只要你「更上一層樓」。當然，「更上一層樓」之後「千里目」所見的景象是甚麼樣，他沒有說，估計也說不出來了，但是巧就巧在，這兩句一出來，我們就必須接受一個事實，那就是比「白日依山盡，黃河入海流」更大的境界一定是存在的，因為它在邏輯上必然成立，「更上一層樓」就是會感受到更大的境界。這就是詩歌和文字的力量，所謂象外之興、言外之意，奧妙無窮。

同時，在中國的文學傳統中，登樓、登高這樣一個行為，大多數時候是和憂愁傷懷相伴的：從王粲《登樓賦》「悲舊鄉之壅隔兮，涕橫墜而弗禁」開始，王勃在滕王閣上感慨「閣中帝子今何在？檻外長江空自流」(《滕王閣序》) 的物是人非，崔顥在黃鶴樓上深陷「日暮鄉關何處是？煙波江上使人愁」(《黃鶴樓》) 的歸途迷茫，陳與義在岳陽樓上痛陳「白頭弔古風霜裏，老木滄波無限悲」(《登岳陽樓》) 的國家動盪……

在這一眾「登高賦愁情」的慨歎中，王之渙的《登鸛雀樓》就更顯得格外標新立異、振聾發聵。他不但不覺得憂愁，竟還要「更上一層樓」，這種直面時空、遊心宇宙的心境與胸懷，一定是盛世之中的大詩人才能擁有的，比如杜甫的「會當凌絕頂，一覽眾山小」，比如李白的「登高壯觀天地間，大江茫茫去不還」，而這也是這首詩最深層的偉大所在。

影話

這首詩在《長安三萬里》影片中出現在李白、高適初登黃鶴樓之時。李白拉着高適俯臨長江，感慨天地壯闊的同時，又想到長江流經了自己的家鄉，於是便問高適家鄉有何大川，高適對曰：「黃河！」李白便吟出了這首在黃河之濱寫就的名篇：「白日依山盡，黃河入海流。欲窮千里目，更上一層樓。」並為詩中的壯闊氣象而由衷稱道。

雖然詩歌寫的是鸛雀樓，李白、高適身處黃鶴樓，一個臨着黃河，一個挨着長江，但不論身處何地，詩人們「欲窮千里目，更上一層樓」的博大胸懷和高昂志向是一致的。

正如前面提到的，這兩句詩的最偉大之處，就在於它一改歷代詩人登高即愁的抒情傳統，轉而表現一種對蒼茫天地、浩瀚宇宙的熱切期盼和探索精神，人格精神格外健康、明朗、高大、壯闊，這必然是盛世之中，偉大詩人方才能有的情懷。

那麼回到影片當中，儘管此時李白剛剛遭遇行卷失利的挫折，高適家道中落，人生尚未有所起色，但正因為盛唐是偉大的時代，李白、高適也都是偉大的詩人，他們的胸中有丘壑，前途有光彩，所以當他們來到長江邊的黃鶴樓，想到黃河旁的鸛雀樓，誦出這樣的詩句以顯胸懷，我們也就絲毫不覺得意外了。

黃鶴樓

崔顥

昔人已乘黃鶴去，此地空餘黃鶴樓。
黃鶴一去不復返，白雲千載空悠悠。
晴川歷歷漢陽樹，芳草萋萋鸚鵡洲。
日暮鄉關何處是？煙波江上使人愁。

解讀

崔顥，汴州（今河南開封）人，出身博陵崔氏。今存詩 40 餘首，以宦遊、邊塞題材為主，詩風雄渾奔放，氣勢宏偉。但在這些作品中，最為出色的卻是一首山水題材登覽詩《黃鶴樓》，這首作品也被宋朝的嚴羽評為「唐人七言律詩，當以崔顥《黃鶴樓》為第一」！

嚴格意義上來說，《黃鶴樓》不是一首標準的律詩，因為它不完全符合近體詩的格律，比如「黃鶴一去不復返」，一個平聲接了六個仄聲，音韻十分不和諧，再比如「白雲千載空悠悠」，結尾是連續的三個平聲，這是近體詩需要嚴格避忌的聲病。

但歷史上對於《黃鶴樓》這首詩作為「唐人七律之第一」的評價卻並沒有產生甚麼爭議，甚至連李白都不得不感歎「眼前有景道不得，崔顥題詩在上頭」，這是因為這首詩的境界與思考實在太過深廣。

詩歌的前四句，看似說了一堆廢話，其實背後大有深意。黃鶴樓的傳說源於蜀相費禕，相傳他在這裏騎鶴飛升，於是引得萬千追隨者來此，想要再度續寫神話，跳脫生死輪迴。只可惜，自那一次神跡之後，黃鶴再也沒有回來過，無數人追求的成仙夢想，到頭來不過都是一場空。只有這一座黃鶴樓還孤獨地立在長江之濱，見證着千百年的榮辱興衰、得失成敗。一句「黃鶴一去不復返，白雲千載空悠悠」，背後蘊含着人生、歷史、天地、宇宙如此深邃的關聯。

緊接着一句「晴川歷歷漢陽樹」轉得巧妙，因為它的筆力驚人。剛剛才說「白雲千載空悠悠」，黃鶴樓下的滄海桑田，歸根結底不過都是虛空，那麼眼前的「晴川歷歷漢陽樹」又當作何解釋？它既已分明地出現在這裏，又怎會一切是空？緊接着，「芳草萋萋鸚鵡洲」解答了我們的疑惑。鸚鵡洲得名於漢末的狂士禰衡，他曾擊鼓罵曹，目空一切，最終被軍閥黃祖殺害，葬於長江的江心，那直貫蒼穹的狂傲之氣，歷盡百年的歲月洗禮，化作鸚鵡洲上靜謐安閒的「芳草萋萋」。這就是歲月的力量，所以儘管「晴川歷歷」分明眼前，時過境遷也終將化為「千載空悠悠」。筆底丘壑，大開大合，讓我們領略到情思的曲折迴環，更見識了崔顥的驚天妙手。

最後，他佇立高樓，俯臨長江，發出感慨：「日暮鄉關何處是？煙波江上使人愁。」「日暮」催促時序，「江上」本屬漂泊，「煙波」更顯迷茫，在這樣的環境中，卻不知自己「鄉關何處」，歸途何方，如何能不令人愁苦？這一句詩，問出了人處天地之間最本源的問題：我從哪裏來？該往哪裏去？故而被譽為「唐人七律之第一」，可謂實至名歸。

影話

《長安三萬里》影片中選取歷史上李白在黃鶴樓感慨「眼前有景道不得，崔顥題詩在上頭」的傳聞，並對這首作品加以演繹和呈現。

剛剛行卷失利，在仕途上遭遇挫折的李白，本想來到文場上大展身手，在歷代文人題詠的黃鶴樓上留下自己的佳作，於是要來筆墨，直接向公認最佳的篇章發起挑戰，於是，這首「唐人七律之第一」的《黃鶴樓》就在千呼萬喚中登場了。

李白讀罷前四句，悻悻低頭；高適讀過後四句，如夢似幻。影片採用水墨意象對詩境進行美妙的呈現，讓我們像李白、高適一樣，身臨其境地感受到這首作品的精妙。加之旁人對其作者崔顥「年輕、有才、出身好」的評價，又給李白帶來深深的刺激。給這位傲岸不羈、年少輕狂的「青年詩仙」一個現實的教訓，也為李白、高適的首次分離，立下的一年之約，埋下了伏筆。

正是因為這次失意對李白來講，過於刻骨銘心，在後來的人生中，他一邊不斷豐滿自己的羽翼，一邊也不斷對崔顥這首「唐人七律之第一」發起挑戰：他送別孟浩然寫下的《黃鶴樓送孟浩然之廣陵》，在同一地點寫了不同的詩體；他後來登臨金陵鳳凰台，寫下《登金陵鳳凰台》，「鳳凰台上鳳凰遊，鳳去台空江自流」，用相同的詩體寫了不同的地點；晚年再度來到黃鶴樓的對岸，他又寫下《鸚鵡洲》，「鸚鵡來過吳江水，江上洲傳鸚鵡名。鸚鵡西飛隴山去，芳洲之樹何青青」，與崔顥打起了擂台。

至於這些作品到底有沒有超越崔顥的這首《黃鶴樓》，我們不做討論，畢竟文無第一，見仁見智，但不得不承認，這首偉大的作品對李白內心的衝擊貫穿他人生的始終，李白也用盡一生在攀登他心中的偉大高峯。偉大詩人與偉大詩作，就是在這樣的不斷競技中互相成就。

落第長安

常建

家園好在尚留秦，恥作明時失路人。
恐逢故里鶯花笑，且向長安度一春。

解讀

常建，或說京兆長安（今陝西西安）人，盛唐著名山水田園詩人。長期仕宦不得意，漫遊山水名勝，現存詩作不多，題材以山水遊興為主，語言凝練簡潔，境界清寂幽邃。代表作有《題破山寺後禪院》、《夢太白西峯》等。《河嶽英靈集》的作者殷璠十分推崇常建，將他的詩作列於卷首，可以理解為將他的詩作作為整個詩集最突出的精華。

這首《落第長安》是常建初次參與科舉考試，失意後所作。一般人倘若人生遭遇挫折失意，容易萌生退卻歸隱的念頭，但常建卻並非如此，不是因為家園沒有好風景，而是不願在這太平盛世做個失路之人，愧對美好時代與大好青春。倘若就這樣悻悻而回，怕是家中的花鳥也會笑話他的意志不堅，故而不如再在長安奮進一載，以求明年及第登科。

這首詩雖寫仕途失意，卻並沒有陷入自怨自艾和消沉菲薄，而是堅定信念，重整雄風，這對我們無疑也是一種鼓舞，倘若人生中遭遇短暫的挫折，也應當振作精神，總結教訓，繼續向目標奮進！果然，不久之後，常建再度趕考應舉，終於得償所願。

影話

這首作品在《長安三萬里》影片中出現在高適初入長安的情節中。

高適入岐王府獻藝之前，在科舉考場點名的場景中初遇常建，當然此時的二人並不相識，但處境同樣窘迫。然而，轉日之間，他們的情況就是雲泥之別了：高適敗走岐王府，失意地漫步街頭；常建科場登龍門，得意地沿街探花。不料，常建的馬險些與琵琶女相撞，後者被高適救下，便有了這次尷尬的相逢。

常建將手中的花送給琵琶女，並附上了自己的詩句「恐逢故里鶯花笑，且向長安度一春」，而後離去。這句詩卻深深縈繞在了高適的腦海裏，的確，這句話雖不是直接對他説的，但於他而言，卻很有意義。詩中表達的不為眼前的失意而懊悔，更不應自暴自棄、放棄理想的主旨，對此時的高適是最好的鞭策與勉勵，他也因此下定決心繼續修煉，期待着他日也能得意地再探長安的春光。

採蓮曲

賀知章

稽山罷霧鬱嵯峨，鏡水無風也自波。

莫言春度芳菲盡，別有中流採芰荷。

解讀

賀知章，字季真，越州永興（今浙江杭州市蕭山區西）人，自號「四明狂客」，又與包融、張旭、張若虛並稱「吳中四士」。他的詩歌多為郊廟樂章和奉和應制之作，反映了盛世的輝煌氣象，而寫景、詠物、贈別、抒情之作，感情真率，筆致灑脫，風格明快，趣味盎然，頗有獨特個性。今存詩 20 首，其中不乏《詠柳》、《回鄉偶書》等膾炙人口的佳作。

賀知章好酒，與李白為忘年之交，曾有過「解金龜換酒」的佳話，李白「謫仙人」的名號也是他所起。杜甫在《飲中八仙歌》中說他「知章騎馬似乘船，眼花落井水底眠」，從中可以一窺他放浪灑脫的形象。

這首作品應當是賀知章 86 歲告老還鄉，回到越州之後的作品。詩歌中描述了江南夏日別具風情的美景：雨霧消散後的會稽山，山勢高峻，深林茂密，鬱鬱蔥蔥，一旁的鏡湖平靜無風，水面光亮如鏡。雖然此時已經春光散盡，眾花零落，但湖心朵朵盛開的蓮花，所帶來的美妙也絲毫都不遜色。

當然，這幾句詩除了寫景之外，也有人生感懷的寓意，告老還鄉的賀知章，就好像「春度芳菲盡」，再也不見了青春的逍遙風采，但一生堅守清白的他，自有別樣的圓滿人生。一切景語即情語，於此處也並不例外。

影話

這首作品在《長安三萬里》影片中出現於長安曲江酒肆，賀知章作為詩壇明星中的璀璨一顆，吟着「莫言春度芳菲盡」亮相。這句詩雖不是他最出名的作品，用在這裏卻格外貼切，因為他是盛唐詩壇明星中的老者，這一句詩傳達出的不因青春流逝而感傷的意蘊，尤為符合他的身份與心境。

與賀知章前後登場的還有張旭、崔宗之等人，他們同屬「飲中八仙」，是長安城中以風流善飲酒知名的八位名人。他們的故事盛傳於長安的街頭巷尾，更因杜甫的一首《飲中八仙歌》而傳誦千古。詩與酒都是浪漫的遊戲，彼此也是極佳的伴侶。

後記

自從在《新神榜：楊戩》的片尾彩蛋中看到《長安三萬里》的預告片，我就對這部作品有了不小的期待，因為對於我這樣一個從事唐代文學研究整十年的人來說，這裏面的人和詩，這裏面的故事，實在是太親切了。

同時，作為一個年輕的學習者、研究者和教育者，我在自己的心裏、書中、課堂上，也一直努力地嘗試搭建起一個「唐詩的宇宙」。在這個「宇宙」裏，李白、杜甫、王維、高適都不再是紙面上那一個個充滿距離感的名字，而是鮮活躍動着的靈魂與人生，李白可以拉着杜甫的手去漫遊，王昌齡可以和孟浩然一起忘情地喝酒。我很高興能看到《長安三萬里》做出將這個「宇宙」映射進當代生活現實的一次可貴嘗試。

所以，當追光動畫通過出版社找到我，想要合作這部詩集，我便毫不猶豫地應允下來，這既是出於弘揚中華優秀傳統文化的公義，也不排除成就「唐詩的宇宙」的私心。於是，我受邀觀看了影片。觀影過程中，我始終情懷激盪，也幾度感動落淚。近三個小時的劇情，不覺而過，諸多片段與情節卻印象深刻。回來之後，我便結合觀影時的真切感受和平日學習研究中日積月累的心得，為影片中出現的每一首詩撰寫了評註。最終與《長安三萬里》影片中的精彩場景、劇照相結合，形成了這部精美的詩集。

感謝追光動畫，在十週年這樣一個節點上，選擇將講故事的場景給予詩國大唐，也從而讓我有了這個機會將影片背後更多有價值的內容與廣大愛好者分享。感謝中國唐代文學會薛天緯老師、中國社會科學院文學研究所陳才智老師為本書作序推薦。陳才智老師更是細讀全書，指正缺漏，大到學術觀點，小到字詞標點，使我受益良多。

當然，最應該感謝的，是距今千載的那個偉大時代，和李白、高適、杜甫等一批偉大的詩人。沒有他們「天階歧途」、「盛世逆旅」般的精彩人生，沒有他們「醉舞梁園夜，行歌泗水春」的風流故事，沒有他們「光焰萬丈長」的耀眼詩篇，我們的文明與歷史，不知將褪去多少光彩。

當《長安三萬里》的片終字幕亮起，上面赫然寫着「冬，李白去世；兩年後，高適去世」，我再度淚目，腦海中也不斷翻湧起杜甫追憶高適的一首詩——《追酬故高蜀州人日見寄》，詩的前四句寫道：「自蒙蜀州人日作，不意清詩久零落。今晨散帙眼忽開，迸淚幽吟事如昨。」這是杜甫在高適去世七年之後，忽然翻到他的一首作品而迸發的感慨，讀其詩念其人，彷彿還一切如昨。這種感受，在杜甫去世 1253 年後的今天，也浮現在我的心裏！

這種超越時空的人生共鳴與情感體驗，大概就是我們讀詩的一個重要意義！願《長安三萬里》影片和這本詩集中的文字，也能給大家帶來這樣的感受。

最後，歡迎大家在今後更多地走進詩歌，走進詩歌背後的故事和生命，因為那裏面的世界，真的有無限精彩，等着您去探索和發現。

韓瀟

附 錄

按照影片順序品讀「長安」：

1.《別董大二首（其一）》高適

2.《黃鳥》佚名

3.《上李邕》李白

4.《登鸛雀樓》王之渙

5.《黃鶴樓》崔顥

6.《扶風豪士歌》李白

7.《採蓮曲》李白

8.《相思》王維

9.《落第長安》常建

10.《白紵辭三首（其二）》李白

11.《寄遠十二首（其四）》李白

12.《題玉泉溪》湘驛女子

13.《過故人莊》孟浩然

14.《宋中十首（其一）》高適

15.《靜夜思》李白

16.《春曉》孟浩然

17.《黃鶴樓送孟浩然之廣陵》李白

18.《燕歌行》高適

19.《行路難三首（其一）》李白

20.《南陵別兒童入京》李白

21.《憶舊遊寄譙郡元參軍》李白

22.《別魯頌》李白

23.《別劉大校書》高適

24.《望嶽》杜甫

25.《採蓮曲》賀知章

26.《出塞》王昌齡

27.《白雪歌送武判官歸京》岑參

28.《前有樽酒行二首（其二）》李白

29.《夢遊天姥吟留別》李白

30.《將進酒》李白

31.《俠客行》李白

32.《擬古十二首（其九）》李白

33.《贈汪倫》李白

34.《哥舒歌》西鄙人

35.《永王東巡歌十一首（選三）》李白

36.《早發白帝城》李白

37.《子夜吳歌・秋歌》李白

38.《代扶風主人答》王昌齡

39.《隴頭吟》王維

40.《別韋參軍》高適

41.《單父東樓秋夜送族弟沈之秦》李白

42.《送陸判官往琵琶峽》李白

裝幀設計　趙穎珊
排　　版　高向明
責任校對　趙會明
印　　務　龍寶祺

長安詩選

作　　者　追光動畫　韓　瀟
出　　版　商務印書館（香港）有限公司
　　　　　香港筲箕灣耀興道 3 號東滙廣場 8 樓
　　　　　http://www.commercialpress.com.hk
發　　行　香港聯合書刊物流有限公司
　　　　　香港新界荃灣德士古道 220-248 號荃灣工業中心 16 樓
印　　刷　嘉昱有限公司
　　　　　香港九龍新蒲崗大有街 26-28 號天虹大廈 7 字樓
版　　次　2023 年 12 月第 1 版第 1 次印刷

　　　　　ISBN 978 962 07 4674 1
　　　　　Printed in Hong Kong